シャツの前が半端にはだけ、貴志の唾液で濡れた乳首が自分の目で見ても淫らだ。
「若いな。少し弄ってやっただけで、おまえのここはぬるぬるだ」
「言うなよ……っ」
警備員はふらちにつき

警備員はふらちにつき

秀 香穂里

15309

角川ルビー文庫

目次

口絵・イラスト／カワイチハル

なにをどう言えばいいかわからないが、とにかく退屈《たいくつ》だ。

大学生活の最後の夏、そろそろ夏休みに入ろうとしていて、就職活動もとうの昔に終わっている。暇《ひま》さえあればバカ騒《さわ》ぎばかりしていた同級生たちが、来春にはそろって社会人だ。

そんななか、唯一《ゆいいつ》、行く先が決まっていないのは自分ぐらいじゃないだろうか。

夏休みまであと数日という七月前半、大河内尋《おおこうちひろ》は大学の中庭で大あくびをしながらアルバイト雑誌をぱらぱらとめくっていた。百七十七センチの引き締《し》まった身体《からだ》と、切れ長で黒目がちの目は男のくせして驚《おどろ》くほど睫毛《まつげ》が長いと、よく女友だちにふてくされたものだ。ちいさめの顔に、ふっくらしたくちびるが妙《みょう》な色香《いろか》を添《そ》えている自分の顔というのを一言で表現するなら、甘めに整ったアイドル顔だ。

もちろん、女には異常にもてるし、一部の男をも惹《ひ》きつけるなにかがあるらしい。

都内の私立大学として三本の指に入る有名校の文学部に在籍《ざいせき》し、つねに平均以上の点数をキープする頭もある。実家は代々続く歯医者で、十歳年上の兄と八歳年上の姉も歯医者として独立していた。

だから、退屈なのだ。

顔もいい、頭もそこそこいい、家柄《いえがら》もよくて将来の心配はなし。

年の離《はな》れた兄と姉が歯医者になっているのだから、次男坊《ぼう》の自分まで同じ道を歩まなくてもいいと思っている。

ついでに言えば、「とりあえず」という気分でどこかの会社に勤めるのは気が進まなかったので、とくに就職活動はしていない。家族ものんびりしたもので、『まあ、そのうち尋ちゃんに似合う仕事が見つかるんじゃない？』と言った具合だ。

「あー……、スゲー暇……」

ベンチに寝《ね》そべり、サングラスを少しはずせば真っ青な夏空が頭上いっぱいに広がっている。

気温三十度の今日は本格的な真夏日だが、湿気《しっけ》がないぶん、過ごしやすい。

すべてにおいて恵《めぐ》まれている立場に、誰《だれ》もが羨《うらや》む。

けれど、尋の感じている退屈は本物だった。幼い頃《ころ》から不自由なく育てられ、欲しいものがあっても、『欲しい』という前に誰かが与《あた》えてくれた。

――たぶん、この先も俺の人生は波瀾万丈《はらんばんじょう》なく、つつがなく過ぎていくんだろうな。

弱冠《じゃっかん》二十二歳にして、達観しすぎているだろうか。

しかし、黙《だま》ってても女は寄ってくるし、金にも困ってない。本気で悩《なや》みがあるとしたら、今日一日のみならず、この先、どうやって時間を潰《つぶ》そうかということだ。

「あっ、尋ちゃん、捜《さが》したよ。こんなトコいたのー？　日灼《ひや》けするよ」

同じ授業によく出ている女友だちが苦笑《くしょう》しながら駆《か》け寄ってきて、冷たい缶《かん》コーヒーをぴたりと額にあててくれる。

「さっき、自動販売機《じどうはんばいき》で買ったらオマケで当たっちゃった。あげる」

「サンキュ」

起き上がってプルトップを引き抜《ぬ》きながら、「なんか用?」と訊《たず》ねた。

「尋ちゃん、夏休みのバイト探してるって言ってたでしょ。イイとこあったから、教えようと思って」

女友だちがこぞって、「尋ちゃん」呼ばわりすることに、尋自身、すっかり慣れていた。なんといっても、二十二年前から祖父母に両親、兄に姉に数えきれない従兄弟《いとこ》たちから「尋ちゃん」と呼ばれて育ってきたのだ。男友だちがからかうように、「尋ちゃーん」と寄ってくるときは、たいてい、尋の潤沢《じゅんたく》な懐《ふところ》にすがって、「なにか奢《おご》れ」と暗に言ってくるときだ。

そういうことにも、尋は怒《おこ》らず、「なに食いたいの」と言うだけだ。友だちといるのはそれなりに楽しいし、なんと言っても暇潰《ひまつぶ》しになる。

みんなが就活に鬼《おに》のような形相をしているときも、尋は誰かとランチや夕食をともにし、「どこそこの企業《きぎょう》に蹴《け》られた」だの、「あそこの会社はイイ女揃《ぞろ》いだ」だの、「人事部のハゲ親《おや》父《じ》が気にくわねえ」だのと、くだらない話で盛り上がった。

――いま、一瞬《いっしゅん》が楽しければそれでいい。

集約すると、尋の心境はこれに尽《つ》きる。そんな尋の唯一の趣味《しゅみ》というのが、アルバイトだ。

ある一定期間だけ、職に就《つ》く。

興味を持てればなんでも手を出したので、書店のバイトに道路工事のバイト、行政機関の書類整理にファーストフードの店員と、職種は雑多だ。

『そんなことしなくたって、おまえ、金に困ってないじゃんよ』

口々に友だちは言うのはもっともで、尋自身、金が欲しくて働いているのではない。いろんな場所で短期間働き、いろんな面をちょこっとずつつまみ食いしたいというのが本音だ。

もし、こんなことを軽々しく口にしようものなら、さすがに真面目《まじめ》に就活している友だちが本気で怒るだろうから、内緒《ないしょ》にしておくにかぎるが、さまざまな仕事を渡《わた》り歩いて時間を潰し、好奇《こうき》心を満たす——これぞ金持ちの道楽というものだ。

「どんなバイト?」

「ビルの警備員のバイトだって。わたしが入ってるテニス部の友だちがやっぱり同じバイトやってるんだけど、別口のバイトに就くらしくて。それにそこ、夜勤が足りないらしいんだ」

「夜勤の警備員か——……」

あれこれと思いめぐらせてみたが、夜勤警備のバイトはやったことがない。

一度か二度、コンサート会場の警備員ならやったことがある。

尋たちの年代に人気のロックバンドのライブで、東京ドームと横浜《よこはま》スタジアムという大規模な会場での警備は、それこそ圧倒的《あっとう》な人数を必要とし、ファンが熱狂《ねっきょう》するあまり暴れたり柵《さく》を乗り越《こ》えたりしないよう、見張るのがメインの体力労働だ。

はやりの曲を背後に聴《き》き、ファンの動向をくまなくチェックし、小型の無線機で大勢の警備員同士とやり取りする仕事は、そこそこおもしろかった。

そのロックバンドがとくに好きでもなかったから、アンコールでは感極《かんきわ》まって泣き出すファンを見ているほうがずっと楽しかった。

——たかが音楽ぐらいで、簡単に泣けるんだ。

ファンが聞いたら怒《いか》り心頭に発するような考えだが、やっぱりこれも、『欲しい』とねだる前から多くのものが与えられてきた弊害《へいがい》なんじゃないかと、ときどき思う。それなりに好きな音楽や本、映画はあるけれど、心酔《しんすい》したことは一度もない。

生まれてこのかた二十二年、なにかに夢中になった覚えがないのだ。

「わたしもちょっとだけ聞いたけど、ほら、老舗料亭《しにせりょうてい》の『吉葉《よしは》』のビルの警備だって。尋ちゃんぐらいお金持ちなら、何度か食べたことあるでしょ」

「あるよ。でも、ごく普通《ふつう》の味だったと思うけど」

「さっすが、お金持ちの言うことは違《ちが》うね。あそこ、めちゃめちゃ高級クラスじゃん。いちばん高いコースだと、五万超《こ》えるんでしょ？」

「メニューには出てないだけで、それ以上のコースもあるよ。でも、ホント、それほどの味じゃないって。ウチの学食のカレーのほうがウマイ」

「あのねー、一応、日本で最高級って言われてる『吉葉』と、ウチの学食を比較《ひかく》しないでよ。『吉葉』は歴代の総理大臣や有名な芸能人も通ってるトコだよ」

「だから、たいした味じゃなくていいんだって」

尋が笑うと、女友だちは頬《ほお》をふくらませ、「なんでよ」と言う。

「お偉《えら》いさんが通うからってウマイわけじゃないよ。ああいうひとってのは、内緒にしなきゃいけない話がたくさんあるだろ。『吉葉』は、そういう密談に最適な店なんだよ。完全予約制だし、部屋のひとつひとつがめっちゃ離れてて、入り口もひとつだけじゃない」

「それって、マスコミの目から逃《のが》れるため？」

「そう。お忍《しの》び用にうってつけの店なんだよ。だけど、味はごくフツー。その代わり、誰がいつ訪ねたか、誰と会っているか、絶対に外に漏《も》れない」

「ふぅん……、聞けば聞くほど、一般《いっぱん》人には縁《えん》のない世界」

女友だちはつまらなそうな顔で、空になった缶を、離れたゴミ箱に器用に放り投げる。カツンと響《ひび》く音に、彼女が少し機嫌《きげん》を損《そこ》ねたことを敏感《びんかん》に察し、尋はとっておきの笑顔《えがお》を向けた。

人懐《ひとなつ》こい感じのする目元にやわらかな笑みを浮《う》かべると、たいていの人間はそれだけで警戒《けいかい》心を解いてしまう。

「俺だって、好きで行ったんじゃないって。ウチ、歯医者やってんじゃん。医者同士のつき合いに引っ張り出されたりして、いろいろあるからさぁ……。結構、退屈だぜ。懐石《かいせき》って、次の料理が出てくるまでスゲー時間かかるし、たいていちゃんとした格好しろとか言われてスーツとか着なきゃいけなくて、おまけにずっと正座させられっぱなしだし」

「そっか。ま、お金持ちにはお金持ちの苦労ってのがあるってことね」

「そういうこと。で、そのバイトって未経験者でもOKなの？　一応、コンサート会場の警備員なら経験あるけど」

「大丈夫《だいじょうぶ》みたい。警備はふたり一組でやるんだって。もうひとりのほうが経験者だから、尋ちゃんでも大丈夫だよ。時給もいいらしいから、お給料もらったらなんか奢《おご》ってね」

「わかったよ」

苦笑して、尋はかたわらに置いていた携帯電話《けいたいでんわ》を振《ふ》り回した。

「その友だちに、俺の携帯番号教えていいから。こっちはいつからでも入れるって、よろしく伝えて」

「ん、わかった。じゃあね」

夏のまぶしい陽射《ひざ》しに押されて、軽い足取りで駆け出す女友だちの背中を見送った。ビルの夜勤警備という新しいバイトの詳《くわ》しい雇用《こよう》条件は聞かなかったけれど、少しでも楽しめればいいと思う。

ギャラが高かろうが安かろうが、関係ない。数時間、勤めるあいだにさまざまな職場を野次馬根性《こんじょう》でのぞき見し、わずかな好奇心を満たせればそれでいい。

「こんなこと言ったら、みんなにぶっ飛ばされるよな」

怠惰《たいだ》な考えに、尋は自嘲《じちょう》気味に笑った。

でも、ほんとうのことだから仕方がない。

よくよく考えてみれば、なにひとつ不満のない生活というのは、案外、不幸なのだ。

女友だちの友だちの取り計らいにより、それから三日後、老舗料亭『吉葉』グループのビルの夜勤バイト面接が赤坂の本社ビルで行われることになった。

人手不足というのはほんとうらしい。

創業百年を軽く超える『吉葉』は歴史ある懐石料理をメインに、全国の主要都市に店舗《てんぽ》を置いている。そのほかにも事業を手がけているため、つい最近、赤坂に小規模ながら自社ビルを構えたようだ。

クリーニングからあがってきたばかりのオフホワイトのコットンシャツに、焦《こ》げ茶のパンツという小綺麗《こぎれい》な格好で、履歴《りれき》書を持った尋はビルの最上階である五階にいた。

一階は、高級食材を使った持ち帰り用の店が入っており、店員は皆《みな》、清潔な紺《こん》のスーツに白のシャツを身につけ、完璧《かんぺき》な微笑を浮かべていた。

――ちょっと古くさい感じだけど、そのへんが老舗たるゆえんかな。

面接といえば、普通は人事部が対応してくれるものだが、『吉葉』は違うらしい。

静かな部屋でひとり待っているあいだ、バイトを紹介《しょうかい》してくれた友だちの友だちの言葉をぼんやり思い出していた。

『あそこの警備って、バリバリの３Ｋだぜ』

『３Ｋって、汚《きたな》い、きつい、臭《くさ》いってヤツ？　だったら、俺は道路工事とかで慣れてるし』

『違《ちが》う違う』

バイトのプロとも言える尋に、友だちの友だちは笑って手を振った。

『夜勤警備だから、暗い、怖《こわ》い。あと、キンチョー』

『は？　緊張《きんちょう》？　なんで』

暗い、怖い、というのはなんとなくわかるが、なぜ緊張するのだろう。ビルの夜回りをするのに緊張するということだろうか。だったら、怖いのと大差ないではないか。

『面接のときにわかるって。頑張《がんば》れよ』

別口のバイトに就くと言う友だちの友だちはバンバンと尋の背中を叩《たた》き、大事なところをぼかしたまま行ってしまった。

とはいえ、それぐらいのことで怖《お》じける性格ではない。すでに二十近くのバイトをこなしてきた尋は、現場の空気を瞬時《しゅんじ》に読むコツと、そこにいる人間に気に入られる術《すべ》を自然と知っているのだ。生まれた瞬間から、大勢の人間に愛されてきたせいだろうか。

そのためか、新しい職場になるだろう『吉葉』でも、まったく緊張していなかった。

――緊張するなんてありえねえだろ。あいつ、フカシやがって。

シンプルな部屋は、打ち合わせのときに使うものなのかもしれない。

大きく採った窓の外には、午後二時の陽射しを弾《はじ》いて輝《かがや》く大型オフィスビルが見えた。『吉葉』ビルは五階建てで、正面のビルにはさすがに負けるが、けっして狭《せま》いわけではないし、内装も相当金がかかっている。

赤坂という一等地を買い上げ、古きよき流れを窺《うかが》わせるような堅牢《けんろう》な石造りのビルを新たに建てただけでも、『吉葉』の底力がわかろうというものだ。

部屋に通されてすぐに冷えた麦茶が運ばれたが、礼儀《れいぎ》を守って口をつけなかった。

壁面《へきめん》にかかった穏《おだ》やかな睡蓮《すいれん》の絵を見つめていると、扉《とびら》が二度鳴るのと同時に、明るいグレイのスーツ姿の男が顔をのぞかせた。

「お待たせして申し訳ない。吉葉弓彦《よしばゆみひこ》と申します」

「お忙《いそが》しいところお邪魔《じゃま》します。バイト志望の大河内尋と申します」

すぐさま立ち上がって名刺《めいし》を受け取ると、弓彦と名乗る男の肩書《かたが》きには「副社長」と書かれていた。

吉葉の姓《せい》を名乗るぐらいだから、経営の中核《ちゅうかく》にいるのは間違《まちが》いない。見たところ、三十四、五歳といったところだが、裕福《ゆうふく》な暮らしに慣れた者だけが身につけられる優雅《ゆうが》な雰囲気《ふんいき》がある。物腰《ものごし》もやわらかで、穏やかな微笑みが洗練された顔立ちによく似合う。

一言で言えば、品のあるいい男だ。

——このひとが面接係なんだろうか。

だとすれば、『吉葉』もなかなか手強《てごわ》い。

これだけの規模の会社なのだから、人事部は絶対にあるだろうが、社内が無人となる夜勤警備の短期バイトは上層部がじかに面接して判断するのかもしれない。

「そう硬《かた》くならなくていいよ。麦茶、入れ直そうか？」

「あ、いいえ、大丈夫です」

さくさくと面接をこなしてきたこれまでとは違うやり方に、少しばかり気が引き締《し》まる。

友だちの友だちが言っていた、３Ｋの最後の『緊張』とはこれか、と思った矢先だった。

「あの……」

履歴書が入った封筒《ふうとう》を手渡《てわた》そうとしたとき、出し抜《ぬ》けに扉が開き、大柄《おおがら》の男がずかずかと入り込んできた。

がっしりとした肩《かた》をさらに強靭《きょうじん》に思わせる紺のスーツを着た男は無言でメタルフレームの

眼鏡《めがね》越しにじろりと尋を見たあと、弓彦に向かって顎《あご》をしゃくった。

「面接は俺がやると言っただろう」

低く、独特のなめらかさがある声に、弓彦だけではなく、尋も目を瞠《みは》った。

命令に慣れている声。指示を迷わない声だ。

「ですが、社長……」

弓彦が整った眉《まゆ》をひそめても、精悍《せいかん》な面差《おもざ》しの男は意に介《かい》さず、「席をはずしてくれ」と言うだけだ。

百八十五センチを軽く超《こ》える身長と逞《たくま》しい体軀《たいく》を持つ男の隣《となり》では、いい男に見えた弓彦の影《かげ》も薄《うす》くなってしまう。

圧倒《あっとう》的な存在感を目の当《ま》たりにし、尋も声が出なかった。

どこをどう触《さわ》っても強く弾《はじ》けそうな雰囲気を持つ男は、初めて目にした。

「……失礼します」

どうにか不満を押し隠《かく》した弓彦が部屋を出ていき、尋は目の前にどかりと腰《こし》を下ろした骨っぽい男のどこを見ていいか困り、視線を落とす。

――なに見てんだよ。

じろじろと眺《なが》め回されるのを感じた。強い視線は、尋の甘く整った顔から身体《からだ》の隅々《すみずみ》まで検分し、シャツを透《す》かして素肌《すはだ》にまで突《つ》き刺《さ》さる。

のだろう。

遠慮《えんりよ》ない視線に犯《おか》されるみたいで、だんだんと落ち着かなくなってきたのを素早《すばや》く見抜《みぬ》いた

ようやく男が名刺をすべらせてきた。

「吉葉貴志《たかし》だ。吉葉グループをまとめている」

単刀直入な言葉どおり、名刺の肩書きには「代表取締役《とりしまりやく》 社長」とある。弓彦のほうが少しだけ年上に見えたのだが、貴志はいったいいくつなのだろう。

尋の胸の裡《うち》を敏感《びんかん》に読んだのか、貴志は口の端《はし》をわずかにつり上げる。

それが彼流の笑い方らしい。不敵で男臭く、骨っぽい。

ぱっと見ただけでは、弓彦と同じ吉葉姓を持っているとは思えないほど、似たところがないふたりだ。

「社長にしては若造に見えるか。三十四だ。さっきの弓彦は俺よりふたつ上の三十六だ」

「はあ……」

老舗の名店にしては、トップが驚《おどろ》くほど若い。

「二年前、社長だった父が心臓をやられて倒《たお》れた。幸い、いまは持ち直したが、会長として現場からは手を引いたんだ。そこで、俺と弓彦が『吉葉』を継《つ》ぐことになった」

「そう、なんですか」

淡々《たんたん》と告げられ、尋もとりあえず頷《うなず》くしかない。いまはまだ、顔を合わせたばかりだ。

「煙草《たばこ》を吸ってもいいか」

「はい」

ここで、「いいえ」と言える奴《やつ》がいたらお目にかかりたい。返事する前から、貴志は煙草とライターを取り出していたのだ。

しかし、夜勤警備の面接に社長みずから出てくるとは思わなかった。

確かに、緊張する。

手のひらにうっすらとした汗《あせ》をかくのが、貴志の鋭《するど》いまなざしにさらされているせいだとわかって、よけいに頰《ほお》が引きつりそうだ。

——なんなんだよ、この男は。早いところ履歴《りれき》書に目をとおして、雇《やと》うか雇わないか決めればいいだろうが。

ふぅっと煙《けむり》をゆっくり吐《は》き出す貴志が、再び値踏《ねぶ》みするような目つきを向けてくる。

その視線の強さは、さしもの尋も、——どこか俺におかしいところでもあるのか、と疑いたくなるようなものだ。

シャツの襟《えり》が曲がっているのだろうか。ボタンを掛《か》け違えただろうか。それとも、髪《かみ》の毛のどこかが変に撥《は》ねているのだろうか。

悠々《ゆうゆう》とした態度で貴志が煙草を吸い終える約三分、尋は微動《びどう》だにしなかった。できなかった。

他人の厳しい視線に息することもためらうなど、あり得ない。

それもむりはない、と心中、おのれを慰《なぐさ》めた。誰《だれ》もが知る老舗料亭《しにせりょうてい》のトップがわざわざ短期アルバイトの面接に立ち会うなんて、聞いていない。

まだ、柔和《にゅうわ》な笑顔《えがお》を持つ弓彦のほうが話しやすそうだった。

貴志のほうは必要最低限のことしか言わず、そのあいだずっと、こちらの動向をじっと見つめている。

軽く撫《な》でつけた黒い髪よりもさらに一段深みを帯びた色合いの目は、どこか獣《けもの》っぽい。上等の生地《きじ》で仕立てたスーツを着ていても威圧感《いあつかん》が滲《にじ》み出し、これまで多くのバイトで出会った誰よりも難しそうな相手だ。

無意識のうちに、はぁ、とため息をこぼしたのが可笑《おか》しかったらしい。それまで無表情だった貴志が突然《とつぜん》ふっと笑ったことに、ついつい見入ってしまった。

ちょっと前の皮肉っぽい笑い方とは全然違《ちが》い、ひどく魅力《みりょく》的だ。

いかつい顔をしているのに、笑っただけで思わず胸がどきりとするような大人らしい色気を放つ男もそうそういない。

――って、べつに俺、男は好きじゃねえし。

同性に一瞬《いっしゅん》見惚《みと》れてしまったおのれを戒《いまし》めながらも、貴志の「履歴書を見せろ」と言う言葉に従った。

ふとした笑顔は一瞬で終わり、真顔に戻《もど》った貴志は膨大《ぼうだい》なバイト歴を記した履歴書に目をとおしている。

「ずいぶんといろんな仕事に手を出してるんだな。趣味《しゅみ》はバイトか？」

「……そうです」

嘘《うそ》ではないので正直に答えると、貴志は「なるほどな」と言って頷く。

どうも、読めない男だ。仏頂面《ぶっちょうづら》のせいか、なにを考えているのかわかりにくいし、世間話をするでもなし。見知らぬ他人とすぐに打ち解けられるのが得意なほうだと自負しているが、こうも鉄面皮の相手だと、食い込む隙《すき》がなかなか見つけられない。

過去のバイト歴について深く突っ込んでくるわけでもない男はしばし顎をさすり、真っ向から尋の目をのぞき込んできた。

「志望動機は、暇潰《ひまつぶ》しか。見たところ、いい育ちをしているようだな。大学四年のこの時期にバイトに興じてるなんて、よほど時間を持て余していると見える。最近の若者はほんとうに気楽だな」

「そういうわけじゃありません」

実際そうなのだが、あまりに断定的な口調に一瞬カッときて、尋も声を荒《あら》らげてしまった。

腐《くさ》るほど時間があり余っているのは事実だ。とはいえ、家に引きこもってダラダラとゲームで遊んだり、女を取っ替《か》え引っ替えして遊びまくっているよりは、バイトに汗を流しているほうがよほど真っ当ではないか。

瞬時のうちに敵意を抱《いだ》いたのも、尋にとっては初めてのことだ。

「俺としては、友人の友人からここの警備員のバイトが足りないと聞いたので、応募《おうぼ》してみただけです。俺のどこかがお気に障《さわ》るなら、雇っていただかなくても結構です」

こっちから喧嘩《けんか》を売るような真似《まね》をするなんて、どうかしていたとあとあとになって思ったが、このときばかりは、貴志の横柄《おうへい》な口ぶりをおとなしく聞いている気分じゃなかった。

――ほかにバイト先はいくらでもあるんだし、ここにガッツリ食いつく理由もねえ。最初から、ああだこうだと難癖《なんくせ》をつけるぐらいなら、さっさと断れよ。

日頃《ひごろ》はにこにこしていることが多いが、ここぞとなると強情《ごうじょう》になるのが自分の悪い癖だと頭ではわかっている。

だが、理由なくして強情になるのではない。

貴志のように、ほとんどなにも知らないうちから、頭ごなしであれこれと命じてくる人間が大嫌《だいきら》いなのだ。

ぎらっと目尻《めじり》をつり上げて睨《にら》み据《す》えると、意外にも相手はおもしろそうな顔をしている。

「度胸はそこそこあるようだな。あちこちバイトを渡《わた》り歩いてきただけはあるか。――ところで話は変わるが、うちの料理は食べたことがあるか」

「……ありません」

不承不承、答えた。

「両親に連れられて、過去何度か」

「旨《うま》かったか、まずかったか？」

貴志の追い詰《つ》めるような語調に、なんとか怒《いか》りを堪《こら》えて、「……おいしかったです」と呟《つぶや》いた。

女友だちの前では、「たいした味じゃないって」と軽く流してしまったが、じつのところ、『吉葉』が提供する懐石《かいせき》は、幼い頃《ころ》から散々旨いものを食べさせられて舌の肥えている尋にとっても、びっくりするほど丁寧《ていねい》、繊細《せんさい》な味で、素材の旨味を存分に引き出した最高級のものだった。仲居たちも細かいところまで気を配ってくれ、それでいてけっして押しつけがましくない、日本が誇《ほこ》る料理店のなかでも文句なしの一、二を争うハイレベルだ。

だが、素直《すなお》にそう答えてやるのは、はっきり言って悔《くや》しい。

さっき少しだけ言葉を交《か》わした穏和《おんわ》な雰囲気《ふんいき》の弓彦ならともかく、上の立場からものを言うことに慣れ、突《つ》きつけてくる選択肢《せんたくし》は「イエス」か「ノー」のふたつしかないような貴志に媚《こ》びたところで、いまの自分にはなんの得もない。

へつらう、おべっかを使うということが自分の中には、まったくない。とはいっても、ここで椅子《いす》を蹴《け》って部屋を出ていくのはあまりに子どもっぽいやり方だ。

ちらりと上目遣《うわめづか》いに様子を窺《うかが》ったが、貴志は厳しい目つきながらも、辛抱《しんぼう》強く答えを待っている。

この調子じゃ変なごますりは通用しないと諦《あきら》め、尋はむくむくと湧《わ》き上がる反発心をどうにか押し殺して、背を正した。

「実際に社会に出る前に、いろんな現場を見てみたいだけです」

「頭の回転もまあまあか」

眼鏡《めがね》を押し上げながら軽く受け流した貴志は、履歴書を折り畳《たた》んでジャケットの内側にしまう。それから立ち上がり、「今日から働け」と言った。

「は?」

「今日から働けと言ったんだ。聞こえなかったか」

「いえ、あの――」

いくらなんでも、いきなりすぎる。

言葉に窮《きゅう》したのを、貴志は勘違《かんちが》いしたようだ。

「日給は二万円でいいか。足りないというなら、話しだいでは上乗せするが」

とんでもない言葉に、ますます耳を疑った。

夜勤警備のバイトは高額報酬《ほうしゅう》であることが多いが、たいていは一万円前後で、『吉葉』は桁《けた》外《はず》れだ。

面接に受かったと喜びに浸《ひた》るよりも、金で横っ面《つら》をはたくような横暴な態度に頭に血が上り、「むりです」と言いかけたが、どう睨んでも動じない男としばし斜《はす》な視線を交わした。

結局、ここでも折れたのは尋のほうだ。

——しょうがねえ。雇われる立場なんだし。友だちと飲みに行く約束をしていたけど、ここはしょうがない、断るしかない。

もともと金に困ってないから、異例の報酬にもこころが動かされるわけではないが、ここまで来てしまったら、へたに引き下がることもできない。

鋭《するど》い目で射抜《いぬ》かれ、無言の圧力に尋はこっそりため息をついた。

「わかりました」

渋々《しぶしぶ》頷《うなず》いた尋に介《かい》さず、貴志は警備員室への行き方を手短に教えてくれた。

「制服もそこにある。日勤の奴《やつ》がいるだろうから、詳《くわ》しいことはそいつに聞け。バイトだからといって甘い仕事だと思うなよ。仕事は夜八時から明朝五時まで、試用期間は二か月。たまに様子を見に行く。サボってたら即刻《そっこく》クビにしてやる」

「……わかりました……」

言うだけ言って、貴志はさっさと部屋を出ていく。

これまでも、荒っぽい現場に足を踏《ふ》み入れたことは何度もあった。自分でも慣れていたつもりだった。

だが、貴志のようにひとをまるっきりモノ扱《あつか》いする奴は初めてだ。

部屋を圧する男の気配がなくなったとたん、怒りが爆発《ばくはつ》した。

るぐらいだ。

「——ちくしょう、なんなんだよ、あの言い方は！」

ひとり残された尋にできることといえば、せいぜい、そばにあった椅子をガンッと蹴りつけるぐらいだ。

バイトの面接に受かったら、友だちと一杯《いっぱい》やるはずだったのに、雇用主《こよう》が「今日から働け」というのではしょうがない。

「わりぃ、バイトで今日の飲み、ダメになった。また今度な」

携帯電話《けいたいでんわ》で友だちに連絡《れんらく》すると、相手は尋の懐《ふところ》をあてにしていたのだろう。ブーブーと文句を言い続け、『遅《おそ》くなっても待ってるから、来いよ』と誘《さそ》ってきたが、「朝五時まで仕事しなきゃいけないんだよ」と言って、乱暴に電話を切った。

相手に非はない。むしろ、くだらない話題で盛り上がれる楽しい友だちのひとりだが、結局はそれだけだ。

尋が奢《おご》るぶん、相手はあれやこれやと中身がまるでない楽しい話を繰《く》り広げてくれるというだけの関係で、真面目《まじめ》な話は一度もしたことがない。

「くっそ、どいつもこいつも」

めったなことでは怒らないほうだと自認《じにん》しているが、貴志のような輩《やから》だけは苦手だ。幼い頃からちやほやされて育ってきたせいか、頭ごなしの命令には慣れていない。これまでに経験してきたバイトでいちばんきつかった道路工事でも、現場はにぎやかで、多少言葉が乱暴でも、ちょっとしたミスで大事故を引き起こすこともありうるために、互《たが》いを気遣うのが当たり前だった。

——このバイト、引き受けるんじゃなかった。

舌打ちしながら、エレベーターでビルの地下二階に降りた。地下一階は倉庫で、地下二階に警備員室があると貴志は言っていた。

「……失礼、しまーす」

警備員室、とそのまんまが書かれたプレートのついた部屋の扉《とびら》をノックすると、「はい？」とだみ声が聞こえてくる。

鉄製の扉を開けてくれたのは、小柄《こがら》でもがっちりした身体《からだ》つきの六十過ぎの男だ。

「今日から、夜勤警備のバイトに入ることになりました、大河内です」

「あー、よかった、やっと新しいのが入ったかぁ。ん、ん、ま、とにかく中、入んな。いまお茶淹《い》れてやっから」

「お邪魔《じゃま》します」

日勤の警備員は、とりあえずいいひとらしい。ほっとひと息ついたところで、六畳《じょう》ほどの部屋に靴《くつ》を脱《ぬ》いであがった。

畳敷《たたみじ》きの部屋にあるのは小型の冷蔵庫にテレビ、簡単なつくりの台所と、ひとり暮らし用のアパートとたいして変わらない。

左手に襖《ふすま》がある。どうやら、向こうが仮眠《かみん》のために使う部屋のようだ。

「はいよ、麦茶」

「ありがとうございます。いただきます」

おおぶりのグラスにつがれた麦茶を一気に飲み干したことで、とても喉《のど》が渇《かわ》いていたことにあらためて気づいた。

面接のときにも麦茶を出されていたが、最初は礼儀《れいぎ》を守って口をつけず、貴志が部屋に入ってきてからはどんどんと彼のペースで話が進んでしまい、お茶を飲む余裕《よゆう》などなかったのだ。

「っあー……、ウマイ」

「外、暑いもんな。ご苦労さん。もう一杯飲みな」

気さくに麦茶をついでくれる初老の男は、「小杉《こすぎ》」というIDカードを胸につけている。

「見たとこ、学生さんか。警備の仕事は初めてか？」

「大学四年です。ビルの警備は初めてですけど、コンサート会場やイベント会場での警備ならやったことがあります」

「ん、ならまあ、おおよそのところはわかるかな。夜勤をやってくれる奴がなかなかいなくて、困ってたとこなんだよ。大河内くんだっけか。あんたが来てくれて助かったよ。あとで、あんたのサイズに合う制服出してやっから」

矢継《やつ》ぎ早《ばや》に話しながら煙草《たばこ》に火を点《つ》ける小杉が、「吸うかい」と勧《すす》めてくれたので、ありがたくもらうことにした。

年季が入った男が差し出してくれたショートホープは、いつも尋が好んで吸っているメンソールの煙草よりも格段にきつい味だ。

一口吸っただけで頭がくらくらするが、強張《こわば》っていた神経がいい具合に痺《しび》れてくれる。

「ここの警備って大変なんですか？　夜勤だと、日勤より時給がいいのに」

「んー、警備自体は楽なほうだな。なんたって、建物が五階までしかねえし。一時間おきに一部屋ずつチェックするのと、警備システムが正常に動作してるか確かめりゃいいんだ。……でもさ、ここ、出るって噂なんだよ」

「なにがですか」

てんで動じない尋に、渋面《じゅうめん》の小杉が声をひそめながら、両手をぶらぶらと泳がせた。

「オバケが出るんだよ～」

おどろおどろしい声と大げさな身振《みぶ》りに目を丸くしたあと、思いきり吹《ふ》き出してしまった。

「マジですか？」

「噂だ、噂。でも、その手の噂を嫌《きら》う奴も結構いるからさぁ……、なかなか夜勤警備ってのも大変なんだ」

「でも、どうしてオバケが出るなんて噂が出たんですか。……昔、誰《だれ》か、ここで亡《な》くなられたとか？」

「いやー、そういう話は聞いてねえな。ただ、このビルができる前、以前の土地の持ち主が強欲な金貸しで客とよく揉《も》めてたって話は耳に挟《はさ》んだことがある。それと、『吉葉』のおふたりさんのおっかさんが早々にぽっくり逝《い》っちまって、いまでも息子《むすこ》のことが心配で化けて出るとかー……あ、いやいや、これはよけいな話だったな」

顔を合わせてまだ十分も経《た》っていないのに、小杉はかなりの喋《しゃべ》り好きらしい。流れに任せて尋も頷《うなず》いていたが、いまどき、幽霊《ゆうれい》が出るという子ども騙《だま》しな話を本気で信じるはずがない。そんなものをいちいち信じていたら、なにかと物騒《ぶっそう》なこの時代、夜道をひとりで歩くこともできやしない。

「俺、平気ですよ。そういうの、全然信じないほうだし」

「そっかー、なら安心できるわ。いやぁ、ホント助かったよ。日勤ならともかく、夜勤はなかなかいついてくれなくてさ。大河内くん、ひととおり段取りを教えてやっから、あとはひとりでやってくれな」

「ひとりって……えー？　俺、ひとりで夜勤するんですか？」

今度は尋のほうが渋《しぶ》い顔になってしまった。日勤の警備もそうだが、夜勤は複数の人員で交《こう》替《たい》制で行うのが当たり前だ。

万が一、強盗にでも入られたら、とてもじゃないがひとりでは対応しきれない。それに、夜の八時から朝の五時まで、ひとりで一時間おきに見回りしろというのはあまりに無謀《むぼう》だ。

「ひとりじゃ、ろくに休憩《きゅうけい》も取れないじゃないですか」

「だーかーらー、さっきも言っただろ。なかなか夜勤がいつかないって。大丈夫《だいじょうぶ》、そのうち、もうひとりかふたり来るからさ、それまで辛抱《しんぼう》してくれよ。大河内くんが来るまでは、俺ともうひとりが交替《こうたい》でなんとか回してたんだけどよ、年かなー。むり、きかなくなってきてよ」

そこで深いため息をつかれ、これみよがしに肩《かた》をとんとんと叩《たた》かれたら、「むりですって」という反論もうやむやになってしまう。

口をへの字に曲げて黙《だま》り込んだ隙《すき》に、小杉はロッカーから制服をいくつか取り出してあてがってくる。

「ん、これで合うかな。上着はこっちで、あっ、シャツ、シャツも必要か、あとえーとベルトにズボンと社章と」

このままじゃ、小杉の波に飲み込まれてしまう。

なにか言わなければ——そんなことを考えている間に、警備員セットがそろってしまった。

「あっちの部屋で着替《きが》えてみ？　似合うからさ、絶対」

まるで子ども相手にしているような小杉に、尋はわざとらしいため息をついて立ち上がった。

こうなったら、しょうがない。今日のところはなんとかやってみて、だめそうだったらすぐに辞《や》めればいい。

そう考えて、襖を開き、薄暗《うすぐら》い和室でもそもそと着替え始めた。部屋の隅《すみ》には布団《ふとん》が敷《し》かれている。ここで、仮眠を取るのだろう。

——俺ひとりじゃ寝《ね》る暇《ひま》もねえだろうけど。

小杉が渡《わた》してくれた警備員の制服は紺地《こんじ》のしっかりしたつくりで、サイズもちょうどいい。帽子《ぼうし》を目深《まぶか》にかぶって壁《かべ》にかかった鏡をのぞき込むと、なかなかのものだ。

「ふぅん……結構、格好いいじゃん」

たかが制服一着でころっと機嫌《きげん》を直すほどバカではないと思いたいが、シンプルなデザインの制服に、『吉葉』のちいさな金色の社章がよく似合っている。

コンサート会場の警備をしたときは、自前のTシャツとジーンズにスタッフパスをつけるというだけの簡単な格好だったから、本格的な制服でぴしりと決めるのもそう悪くない気分だ。

「どうっすかね」

襖をからりと開けると、テレビに見入っていた小杉がぱっと振《ふ》り向き、すかさずぱちぱちと両手を叩く。

「おっ、似合う似合う！　まるであつらえたみたいじゃねえか。最近の若者はいいねえ、足が長くてなんでも似合う」

自分も自分なら、調子よくのってくる小杉も小杉だ。

憎《にく》めないオヤジだよな、と尋は苦笑いし、もう一度自分の服に着替えた。いまはまだ三時を過ぎたところで、勤務は夜の八時からだ。

「メシとかどうすればいいんですか」

「メシは出前を取るか、前もってなんか準備しておいたほうがいいやな。一応、簡単な調理ができる器具はあるから。警備をひとりでやる以上、すまねえけど外食は控《ひか》えてくれ」

「……はあ」

「風呂《ふろ》も完備、と言いたいところだが、シャワーだけなんだよ。ま、でも、泊《と》まり込みの仕事じゃねえから、帰るときに一汗《ひとあせ》流していければいいだろ？　布団も、週に一度はクリーニング業者が取り替《か》えてくれるし。俺が言うのもなんだけど、警備っつー仕事で、ここまでちゃんとした設備が整ってんのは、『吉葉』が初めてよ。あんた、ラッキーだよ。万が一を考えて、監《かん》視《し》カメラはそこかしこに仕掛《しか》けられてるし、ＩＤカードも厳重だしな。大手の警備会社と二十四時間繋《つな》がってるし。ひとりでも十分やれるって」

「でも、社長がめっちゃ無愛想《ぶあいそう》じゃないですか。俺、面接でいきなり社長に会うなんて初めてですよ」

「ああ、ありゃ驚《おどろ》くよなー。俺も最初に貴志社長にお会いしたときは、緊張《きんちょう》で顔が強張っちまった」

小杉も、貴志と面識があるらしい。思い出し笑いをしている。

「普通《ふつう》、バイト面接って人事部のひとが出てくるもんじゃないですか。なのに、いきなり副社長の……弓彦さん、でしたっけ。彼が出てきて、そのあとすぐに貴志社長が出てきたんで、なにごとかと思いましたよ」

「ああやってひとりひとりの面接に立ち会うのは、貴志社長のお考えだそうだ。『吉葉』で働くことを希望する者は、部署、立場関係なく自分の目で確かめたい、ってさ。俺の面接のときに言ってたよ。偉《えら》いねえ。まだまだお若いってのに、しっかりなさってる」

「……つーか、スゲエ面倒《めんどう》」

しみじみしている小杉に、ぼそりと呟《つぶや》いたが、テレビのニュースにうまくまぎれ込んで届かなかったらしい。

尋が想像する社長というのは、会社の方向を見定めるため、誰よりも高い場所にいてさまざまなものを目にし、大きな事柄《ことがら》にジャッジを下すというものだ。

だが、ここの社長は違《ちが》うようだ。徹底《てってい》した現場主義、とでも言えばいいのだろうか。副社長である弓彦を押しのけて、いちいち警備員の面接にまで顔を出すところは、逆に、現場を信用していないという可能性もある。

――でもま、短期バイトの俺にはあんまり関係ねえし。

無人となる夜間、ビルを警備するだけの仕事に、今後、社長がどうこうと関《かか》わってくることはまずないはずだ。

畳《たた》んだ警備服を部屋の隅に置き、尋は膝《ひざ》を払《はら》って立ち上がる。

「とりあえず俺、いったん家に戻《もど》って着替えてきますから。あと、いちお、テキトーにメシも食ってきますよ」

「リョーカイ。八時十分前に来てくれれば問題ナシ。あ、そうそう。ここのテレビ、DVDも観《み》られるようになってるから、休憩時間に映画でも観たらどうよ?」

警備員らしくないのんきな言葉に、今度こそ尋は声をあげて笑ってしまった。たくさんのバイトを経験してきて、たくさんのひとと出会っても、仕事が終わればそれまでだった。

小杉とは親子ほど年が離《はな》れていて、深夜勤務という重労働を堂々と押しつけてくるあたり、なかなかあなどれないが、けっして嫌《きら》いになれないタイプだ。


「これぐらいあれば足りるかな……」

サンドイッチやおにぎり、飲みものを詰《つ》め込んだコンビニの袋《ふくろ》をのぞき込みながら、その晩、尋は再度、赤坂の『吉葉』本社を訪ねた。

とうに、一階店舗《てんぽ》のシャッターは下りている。前もって小杉に渡された鍵《かぎ》を使い、ビルの正面玄関《げんかん》ではなく、横手にある社員口の扉《とびら》を開けた。

七時四十五分、二階から上のオフィスにはまだひとがいるらしく、灯《あか》りが点《つ》いている。

とりあえず荷物を置いて着替えるために、地下二階に下りた。

「おっ、お疲《つか》れさん。待ってたよ」

昼間と同じく小杉が出迎《でむか》えてくれた。尋が制服に着替えるあいだに、彼のほうは私服に着替え、六畳《じょう》のテーブルに置いた尋のコンビニ袋《ぶくろ》を興味深そうにのぞいている。

「コンビニ弁当は楽だけどよ、そのうち飽《あ》きるぞ。栄養も偏《かたよ》るし。あー、炭酸ジュースはよくないな。歯がとける」

年寄りらしい言葉にちいさく吹《ふ》き出し、尋は脱《ぬ》いだTシャツとジーンズを簡単に畳んで部屋の隅に置く。

「出前を取るのだって同じようなもんじゃないですか。小杉さん、いつもどーしてんですか」

「俺？　俺は毎日、愛妻弁当で乗り切ってるよ～」

聞かなきゃよかったと臍《ほぞ》を噛《か》んでも、もう遅《おそ》い。小杉が使い古した鞄《かばん》の中から青のギンガムチェックのバンダナで包んだ弁当箱を取り出し、「これがさ、ウマイわけよ」と相好を崩《くず》す。

「うちの母ちゃん、顔は二番、身体《からだ》は三番なんだけどよ。どういうわけか、料理がめちゃめちゃ上手なんだ。よかったら、今度、大河内くんにもおにぎりぐらいつくらせるよ」

「いいですよ、そんな。わざわざ手間かけるの、悪いし」

丁寧《ていねい》に辞退したにもかかわらず、「いいってことよ」と鷹揚《おうよう》な態度で煙草《たばこ》をふかす小杉はまったくひとの話を聞いていない。

「そんじゃ早速《さっそく》、俺と社内一周するか」

「はい」

貴志にずけずけと言われた屈辱《くつじょく》はいまもって忘れられないが、初めての職場、初めての仕事に立ち向かうときは、いつも新鮮《しんせん》な楽しさを感じる。

どんな仕事にもルールというものがあり、それをひとつひとつ学んでいくことが尋はけっして嫌いじゃなかった。

短期バイトだから、という気楽さもあるが、さまざまな現場で、さまざまな仕事に取り組むひとたちと言葉を交《か》わすだけで、ほんの少し、自分の世界が広がるような気がするのだ。

警棒と大型の懐中電灯《かいちゅう》をうしろ手に歩き出す小杉を追って、尋もエレベーターへと向かった。

「まずは、フロントのチェック。店舗での売上金は終業後、すぐに五階の金庫にしまって、翌朝、銀行が取りに来るから、まとまった現金はここにはないが、やっぱり玄関はしっかりチェックしとかないとな」

一階の店舗はガラス戸と頑丈《がんじょう》なシャッターで守られており、外側にも、二十四時間態勢の監視カメラが取り付けられている。

昼間は大勢の客でにぎわうフロアもすでに人気《ひとけ》がなく、静まり返っている。シャッターがしっかり閉まっていることを外からと内からと両方確認《かくにん》し、内部にもひとがいないことを隅々《すみずみ》までチェックしてから、「異状ありません」と小杉に告げ、二階へと向かった。

「ここから上のひとたちが全部いなくなるのは、だいたい九時、十時ぐらいかな」

「結構早くないですか？　ほかの会社はもっと遅くまで残業してますよ」

「貴志社長が遅くまでの残業をダメって決めたんだ。『だらだら仕事するだけでは能率が上がらない』ってね」

「へー、……それでみんな、ちゃんと仕事を片付けられてるんですかね」

「らしいよ。残業手当はつくことはつくけど、それより、早朝勤務手当ってのが、ここはいいらしくてね。遅い時間まで残って延々仕事するぐらいなら、ちょっとばかり朝早く来て仕事したほうがいいってことだろ。朝の八時から始業なんだが、七時ぐらいに来てちゃかちゃかやってるひとも結構いるよ」

おもしろ可笑《おか》しく言う小杉がフロアをチェックしているあいだにも、「お疲れさま」と頭を下げて社員たちが次々に帰っていく。

「お疲れさまです。気をつけて」

年長の警備員の言葉に微笑《ほほえ》み、手を振《ふ》る社員たちに、尋も形ばかりにお辞儀《じぎ》をする。

尋と目が合うと、たいていの社員は、「あ、新しい警備員さん？　頑張《がんば》ってね」と気さくに声をかけてくれた。

これには、正直ちょっと驚いた。

――歴史ある会社だし、社長もあんなんだから、社員のほうもガチガチに堅いひとばっかだと思ってたのに。

どんな現場でも面倒な手合いはいるし、親切な者もいる。

自分の場合、短期バイトでしかないから、トラブルを起こしそうな人物は素早《すばや》く見抜《みぬ》いてそれとなく距離《きょり》を置き、任された仕事を全《まっと》うするだけだ。

そう思っていたが、小杉をはじめ、『吉葉』はいい意味で昔気質の会社のせいか、のんきなひとが多いのかもしれない。

とりあえず、ひとづき合いの点で苦労することはなさそうだという考えが尋を気楽にさせた。

――社長や副社長に会うのも、面接のときだけだろうし。

二階、三階、四階と警備した最後は、社長室や大会議室のある五階だ。

「あー、貴志社長はまた遅くまで仕事かぁ。月に半分ぐらいは、午前様でお帰りになることが多いんだよ」

五階の奥まった場所にあるのが、どうやら社長室のようだ。扉には目線の高さに横長の窓があり、室内の灯りが廊下《ろうか》にこぼれている。

「居残りすんなって社員に言っといて、社長みずから残業なんですか？」

「そりゃま、偉い方にはいろいろあるんだろうよ。あの若さで老舗料亭《しにせりようてい》の社長におなりになったんだから、仕事はやってもやっても終わらないんだろ」

ひとのよすぎる小杉に、尋は「ふーん」と斜《はす》な感じで首を傾《かし》げた。

昼間に見た厳しい顔を思い出し、いまさっき感じたばかりの気楽さが目減りした。

四角四面な男が遅くまで残っているとなると、変に手抜《てぬ》きもできない。

夜勤警備をひとりでやらなければいけないのだから、重要なところだけパッと見てサッと終わらせ、あとは警備員室で休憩《きゅうけい》、と思っていたのだが、うまくいくかどうか。

夜間、誰《だれ》もいないビルにひとりいるのもつまらないから、慣れてきた頃《ころ》には女友だちのひとりやふたり引っ張り込み、適当にいちゃつこうという不埒《ふらち》な考えも、このぶんではうまくいかない気がする。

小杉が社長室の扉を叩《たた》く。一応、貴志に挨拶《あいさつ》しておこうというのだろう。

「遅くまでお疲れさまです。今日も深夜までお仕事ですか」

「ああ、たぶん」

ぶっきらぼうな声だ。小杉の肩越《かたご》しに室内をのぞき込むと、正面のデスクでシャツの袖《そで》をまくり、書類をめくっている貴志としっかり目線が合ってしまった。仕事中のせいか、最初に顔を合わせたときよりも強面《こわもて》になっている気がする。

「新人バイト、ぼんやりしてないでちゃんと働けよ」

名前ではなく、新人バイト、と呼び捨てる声に尊大なものを感じて、あからさまに顔をしかめてしまう。昼間の怒《いか》りが再びぶり返してくる気がした。

「それ、俺のことですか」

「おまえ以外に誰がいるんだ。小杉はベテランだ」

「いやぁ、貴志社長にそう言われると照れますねぇ。でも、大河内くんも頑張ってくれると言ってますから」

「だといいがな。最近の若い奴《やつ》は、口ではなんとでも言う。おまえが、そのタイプじゃないことを祈《いの》りたいもんだ」

横暴にもほどがある。さすがに黙《だま》っていられず、尋は一歩踏《ふ》み出した。

「他《ほか》の奴らがどうか知りませんが、一緒《いっしょ》くたにしないでください。それと、俺の名前は『新人バイト』じゃなくて、お・お・こ・う・ち・ひ・ろ、です。履歴《りれき》書にもちゃんと書きました」

貴志が、書類をめくる手をぴたりと止めた。それから、真っ向から弾《はじ》くような視線を向けてくる。

「おっ、おいおいおいおいおい、大河内くん待て待て待て」

慌《あわ》てて小杉が袖を引っ張ってくるが、嫌《いや》なことは嫌だとはっきり言うのが尋の主義だ。

雇用《こよう》主にむかつく態度を取られても、ぺこぺこ頭を下げると思ったら大間違《おおまちが》いだ。

尋も険のある視線をはずさなかった。あいだに挟《はさ》まれたような格好の小杉は、視線をさまよわせ、どうなることかと息を呑《の》んでいる。

だが、ここでは貴志のほうが一枚上手だったようだ。ふっと息を吐《は》きながら書類に目を戻《もど》し、さらりと言い放つ。

「おまえの言い分はわかった。とりあえず働け」

「かしこまりました。ほら、大河内くん、行くぞ、仕事仕事。それでは社長、お忙《いそが》しいところ大変お邪魔《じゃま》いたしました。失礼いたします」

小杉に急き《せ》立てられ、仕方なく背中を向けた。とたんに鋭《するど》い視線が突《つ》き刺《さ》さってくるのを感じて、振り返りたい衝動《しょうどう》に駆《か》られるが、その前に小杉が、「よせって、もう」と袖を強く摑《つか》んで引っ張ってくる。

——なんだって言うんだ。あんたが雇《やと》ったんだろうが。

暇潰《ひまつぶ》しのバイトに早くも嫌気が差してきたが、せめて一週間ぐらい働き、ここでしか得られない楽しみを見出《みいだ》さないと、ほんとうに損をするだけだ。

「いやまったく、貴志社長に怖《こわ》いこと言うなよ。俺、おしっこちびるかと思ったよ」

小杉はまだ額に浮《う》き出ている汗《あせ》を拭《ぬぐ》っている。のんびりしたことを言っていたわりには、案外気がちいさい。

「あっちが悪いんじゃないですか。バイトをなんだと思ってんですか。金を入れりゃ動くロボットじゃねえっつうの」

「大河内くんも可愛《かわい》い顔に似合わず、短気だなー。ま、貴志社長がいけずなのはわかるけど、

備

お偉《えら》い方なんだからよ。ちょっとぐらいヤなこと言われたからって、そうふてくされんなって」

なにが、いけずだ。冗談《じょうだん》じゃない。

ああいうタイプこそ、言っておくべきときにガツンと言っておかないと、あとあとまで引きずって厄介《やっかい》になるのだ。

「……あーもー、幽霊《ゆうれい》が出るって話がホントだったら楽しいのに」

「なに言ってんだよ、怖いこと言うなよ」

「小杉さんが最初に言ったんじゃないですか」

「そうだけどさー、罰当《ばちあ》たりなこと言うなよ。ホンモノが出たら、俺は真っ先に逃《に》げるからな」

不躾《ぶしつけ》な言葉に小杉はぎょっとしているが、尋としては本音だ。

金よりも、退屈《たいくつ》しのぎがしたい。いまの自分にとって金と時間は腐《くさ》るほどあって、退屈だけが頑《がん》と日常に座り込んでいるのだ。

どうしようもないやりきれなさを消してくれるなら、幽霊でも宇宙人でもなんでも大歓迎《だいかんげい》だ。

──ただし、あのクソうるさい社長は絶対に抜《ぬ》きだ。あんな失礼な奴、初めてだ。

眉間《みけん》に深い皺《しわ》を刻む尋は警棒を振り回しながら、冷や汗を拭う小杉の小言を右から左へと流し、暗い廊下を足早に歩いていった。

一時間おきの見回りも、三日続けてやったら、完全に慣れた。

一時間おきに各フロアを巡回《じゅんかい》し、扉《とびら》や窓がちゃんと閉まっているか、電気の消し忘れはないかどうか確認《かくにん》する作業は単純すぎて、あくびが出る始末だ。

紺《こん》の制服にも、コンビニ弁当にもさっさと飽《あ》きた。

となると、あとはもうどうやって時間を潰すかということだけが問題で、見回りを終えたあとはテレビをだらだら見たり、持ち込んだ漫画《まんが》に読みふけったりした。

しかし、結局、どれにも飽きてしまった。

よくよく考えてみれば、ひとりで過ごすというのにあまり慣れていない。いつも誰かがそばにいて、どうでもいいことを喋《しゃべ》って盛り上がるのが当たり前だったのだ。

仕事とはいえ、午後八時から翌朝の午前五時までの九時間、ひとりっきりというのはどうにも気詰《きづ》まりだ。

日給にして二万円という破格の報酬《ほうしゅう》だとわかれば、すぐに交替要員が見つかると思ったが、そっちも思ったとおりにいかない。

小杉の話だと、『日勤はわりとバイトも集まるんだけどさ。夜勤は大の男でも及《およ》び腰《ごし》になる奴が多いんだよ。ほら、最近、押し入り強盗《ごうとう》とか多いだろ』ということで、さしもの尋も怖《お》じけそうになったが、貴志社長と、とりあえず二か月は働くと約束してしまった。

日給二万円も、即日払《そくじつばら》いというのではなく、一週間ごとの支払《しはら》いになっている。

金にはまったく困っちゃいないが、あれだけ腹の立つことを言われてタダ働きさせられるのも、しゃくだ。

なんとか、最低でも一か月は保《も》たせたいのだが、休憩時間となるとぼうっと深夜番組を見ているだけというのもアホすぎるし、うっかり寝《ね》こけてしまいそうだ。

四日目は小杉が代わりに夜勤をしてくれるというので休み、大学の講義もそこそこにいつもつるんでいる数人の友だちと六本木から麻布《あざぶ》のクラブをはしごして飲んだくれた。

夜中の三時、最後に辿《たど》り着いたのは会員制のクラブだ。飲み代はもちろん尋が持つことになっているから、みんな遠慮《えんりょ》なしにここぞとばかりバンバンと高い酒を頼《たの》み、とびきりはやりの会員制クラブのシックな内装に感嘆《かんたん》していた。

一介《いっかい》の学生じゃ、とても入れる場所ではない。客は若い者が多いが、たいてい、どこかのグラビアを飾《かざ》る著名モデルだったり、芸能人だったり、若くして成功した実業家ばかりだ。

そんななかで、ジーンズにシャツ姿の尋たち一行は少し浮いた存在だったが、尋のこなれた仕草と整った顔立ちに誰《だれ》もが一瞬《いっしゅん》目を留めた。

ここは、以前バイトしていたモデル事務所のモデルから教えてもらった店だ。

足下《あしもと》さえ見えない薄暗《うすぐら》い空間に、天井《てんじょう》からつり下がる薄《うす》い紗《しゃ》のかかった個室が設けられている。都心の一等地を贅沢《ぜいたく》に使ったレイアウトと、お忍《しの》び用の店として口コミで人気が広がっているらしい。

尋自身、スカウトされたことは数知れず、事務所の受け付けをしていたときもよくモデルたちにからかわれたものだ。

『どうしてきみみたいな子が受け付けなんかやってるの？　モデルになれば間違《まちが》いなくイイ線いけるのに』

だが、尋は笑うだけで、けっして『やってみたいです』とは言わなかった。いろんなバイトを渡《わた》り歩くのが趣味《しゅみ》でも、人目を気にしなければいけない仕事は面倒《めんどう》で嫌だ。

自分の顔や身体《からだ》が人目を引くのだとわかっていても、芸能界方面での仕事は他業種よりも人間関係が複雑で、とかく気を遣《つか》う。だったら、体力勝負のバイトに勤《いそ》しんでいたほうがずっとましだ。

「尋、おまえ、ひとりで夜勤のバイトやってんだって？　怖くねえの？」

「べつに。慣れちゃえばなんでもない。幽霊が出るかもとか最初に脅《おど》されたけど、そんなことあるわけねえし」

「えー、でも、『吉葉』って昔っからの老舗《しにせ》じゃん？　ああいうとこって、礼儀《れいぎ》にもうるさそうだしさ。上司の小言を気にして自殺した奴が結構いそうだけどなー」

「幽霊のひとりやふたりは軽く出てもおかしくねえだろ」

仲間がよってたかって好き勝手なことを言っているのは、毎度のことだ。

「結構、お堅《かた》そうなイメージあるよな。社員とか、どんな感じだよ」

「思ったより普通《ふつう》。俺もバイトに入るまでは頭ガチガチの奴《やつ》ばっかじゃねえかと思ったけど、わりとみんな、普通に接してくれる」

「なんだ。じゃあ、今回もスゲエうまいバイトにありつけたってわけかぁ。ウラヤマシー話。楽して儲《もう》けられて万々歳じゃん」

友だちの声にそれとない妬《ねた》みを聞き取り、つい、「そうでもねえよ」とカクテルグラスをガンとテーブルに叩《たた》きつけた。

「社長がいちいちうるせえんだよ。いつも遅《おそ》くまで仕事してるんだ。午前二時、三時まで居残ってるのもザラなんだぜ。いちばん腹が立つのは、俺を、『新人バイト』呼ばわりすることなんだよ」

「は？　それ、どーゆーこと」

「俺の名前をわざと呼ばねえってこと。俺を呼ぶとき、たいていのひとは『大河内くん』なんだけどさ、社長だけ、俺のこと『おい、そこの新人バイト』って言うんだぜ。俺はなんだっていうんだよ、モノ扱《あつか》いかよ」

普段《ふだん》、笑顔《えがお》の多い尋の尖《とが》った声に、仲間も困ったふうに顔を見合わせている。

「あそこの社長って、確かまだかなり若いよな。三十代前半だろ？　老舗料亭《りょうてい》の社長に三十代の奴が立つって、ちょっとした騒《さわ》ぎになったのを覚えてる」

「老舗って言っても、俺たちには縁《えん》のない世界だよなー。一食五万も六万も払《はら》えるかっつうの」

「それでも、この不況《ふきょう》下で頑張《がんば》って生き残ってる会社なんだから、社長に才覚があるんだろ」

友人たちがそれぞれに取りなしてくれるが、おもしろくない気分は胸でくすぶったままだ。

貴志に対する悪印象はなかなか拭《ぬぐ》えず、それどころか日々、レベルアップしている気がする。

最初にひとりで巡回したときのことを、いまでもよく覚えている。

夜の十二時過ぎ、五階の社長室はまだ灯《あか》りが点《つ》いていたので、ノックをして扉を開き、『巡回中です。お疲《つか》れさまです』と言ったところ、相手はノートパソコンからちらりと視線をあげ、しかめ面《つら》で眼鏡《めがね》をはずすなり言った。

『仕事をしていて疲れるのは当たり前だろうが』

なんとも大人げない言葉に絶句し、怒《おこ》るのも忘れたほどだ。

翌日もまた、やっぱり貴志ひとりが遅くまで残っていた。

前日の嫌《いや》みを忘れていない尋は、社長室からこぼれる灯りに『ちくしょう』と呟《つぶや》き、すうっと深呼吸して、扉を叩いた。

『巡回中です。異状はありませんか』

お疲れさまです、などと誰が言ってやるものか。こいつは好きで居残り、仕事しているのだ。そんな奴に情けをかける必要はまったくない。

するとと貴志は手にしていた書類から目を離《はな》し、じつにつまらなそうな顔で呟いた。

『異状があったら、俺がここでこうして仕事していると思うか？　バカか、おまえは。見てわかることをいちいち聞くな。時間のムダだ』

一を言えば百以上の嫌みを言う男に尋は耳まで真っ赤にし、バンッと扉を閉めていた。

吉葉貴志というのは、社長としての才能があるのかもしれないが、人間としては完全に不出来だ。

――よくまあ、あんな失礼な奴が歴史ある料亭を継《つ》げたよな。

このバイトを紹介《しょうかい》してくれた女友だちに、『たいした味じゃないって』と言ったことも忘れて、尋は怒《くる》り狂っていた。

同じ悔《くや》しさを分かち合うバイト仲間がいないというのも、またつらい。

日勤の小杉やほかの警備員への貴志の態度は、「やや慇懃《いんぎん》無礼ってぐらいかな」という程度で、とくに問題ないらしい。

――俺に嫌みを言うことでストレス解消でもしてるっていうのかよ。

冗談《じょうだん》のひとつも、お義理程度の挨拶《あいさつ》も通じない貴志は、一週間も経《た》たないうちに不倶戴天《ふぐたいてん》の敵になっていた。

辞《や》めようと思えば、いつでも辞められる。それこそ、明日にでも。だが、ここまで相性《あいしょう》の合わない男というのも初めてで、尋も意地になっていた。

ここでケツをまくって逃《に》げたら、男がすたる。自分にも、多種多様なバイトをこなしてきただけのプライドというものがあるのだ。

——なにがなんでも二か月の試用期間を無事終えて、あのむかつく男から給料をぶんどってやる。

そのためには、自分に課せられた仕事を淡々《たんたん》とこなすしかない。

今日のストレスは明日に持ち越《こ》さない、というのが尋の信条なので、この晩も徹底《てってい》して騒ぎ、空が白々と明け始めた頃《ころ》、「じゃーな」「またな」と眠《ねむ》そうな友だちと別れて自宅のマンションに戻《もど》った。

大学に入ったのを機に実家を離れ、自由《じゆう》が丘《おか》の広々としたマンションにひとり暮らししている。家賃は毎月、親が払い込んでくれている。

生活費や遊ぶ金はバイトで十分まかなえたので、必要以上に金をねだることはなかった。

シャワーで簡単に汗《あせ》を流し、ひとりで使うには大きすぎるワイドダブルのベッドに寝転《ねころ》んだとき、——ああ、そういえば誰か女を連れてくればよかったか、と思い出した。

尋自身、セックスはたいして好きではないけれど、いい暇潰《ひまつぶ》しになるし、それなりに気持ちいい。ここしばらく、バイトのことばかり頭を占《し》めていたので、セックスで憂《う》さ晴《ば》らしすることが思い浮《う》かばなかった。

たいていの場合、女に上に乗っかってもらい、いろいろと愛撫《あいぶ》してもらうことが多く、自分ではなにもせず、ただ自動的に快感を得て射精しておしまい。

自分でもわりと淡泊《たんぱく》なほうだと認めるし、サービスもしないよなと思うが、寝たいという女が後を絶たないのはどうしてなのだろう。

前にそんなことを男友だちにぽそりと漏《も》らしたら、即座《そくざ》に頭をはたかれたので、二度と口にしていない。

昨日のクラブには、目の覚めるようないい女がゴロゴロいた。

あの中からひとり釣《つ》り上げて、持ち帰ってくればよかった。だが、やわらかい感触《かんしょく》や生温《なまぬる》い体温を思うと、なんだか面倒だ、とおなじみの気分がつきまとう。

一方的に奉仕《ほうし》され、『気持ちいい?』と問われて、『うん』と答えなきゃいけないのが、いつも面倒くさかった。

だったら、自分ひとりでやったほうがいい。だけど、浴びるほど酒を飲んだいまはもう、眠すぎてどうしようもない。

起きたら、また『吉葉』での夜勤警備のバイトが待っている。

──あそこに女を連れ込むのは難しいだろうけど、前に友だちにもらった無修正のポルノDVDを持ち込んで、休憩《きゅうけい》時間に愉《たの》しむのってどうなんだろう。

真面目《まじめ》な顔で仕事に取り組む貴志が居残る会社の地下で、不埒《ふらち》なことをするのかと考えたら、やけに興奮してきた。

――地下二階でなにやってようと、五階にいる社長にはどうせわかんねえだろうし。ばれっこねえ。これ、結構いい案じゃん。いつもより燃えるかも。

不謹慎極《ふきんしんきわ》まりない考えにほくそ笑み、大の字になった尋は、冷房《れいぼう》がよく効いた室内で瞼《まぶた》を閉じた。

「んじゃ、今夜もひとりで大変だろうけど、頑張ってな」

「お疲れさまです。気をつけて」

午後八時過ぎ、日勤を終えて、腰《こし》を叩きながら帰っていく小杉を見送ったあとは、いつもどおり、ひとりぼっちだ。

一時間おきに巡回《じゅんかい》し、午前二時から三時半までの一時間半は完全な休憩時間となる。

この時間、ビル外に出なければ仮眠《かみん》を取ってもいいし、食事をしてもいい。

もしもの際は、非常ボタンをひとつ押せば二十四時間のセキュリティを保障する警備会社にすぐに連絡《れんらく》がいき、三分もしないうちに駆《か》けつけてくれる、と小杉が言っていた。

監視《かんし》カメラが正確に作動し、扉《とびら》という扉に最新型の施錠《せじよう》を使っていてもなお、警備員をおくのはコストのむだでしかないという気がするが、最終的な確認《かくにん》を機械任せにせず、人間に頼《たよ》るところが老舗《しにせ》の会社たるゆえんかもしれない。

午後九時からひととおり見回りし、どこもちゃんと施錠されていることを確認した尋は、五階の社長室にまだ灯りが点いていることに顔をしかめ、地下二階へと戻った。

貴志には、午後九時の時点で一度挨拶している。

そのとき、念のため、『お疲れさまです』と杓子定規《しやくしじようぎ》な挨拶をしたところ、『ああ、ほんとうに疲れた』とむすっとした声が返ってきただけだ。

彼の愛想《あいそ》のなさはいまに始まったことじゃないが、一度ぐらいねぎらいの言葉をかけてくれたっていいじゃないかと思う。

「……お疲れさまって言われたら、『ああ、お疲れさま』って笑顔で返すのが日本人の常識だろうが！」

この先もこういう扱《あつか》いを受けるのは間違《まちが》いない。だから、早いところ自分でも諦《あきら》めをつけ、「あいつはああいう奴《やつ》だ」と思えばいいのだが、それがどうにもうまくいかないのは、やはり自分自身の経験値が足りないせいか。

——それもそうだろうけど、毎回毎回、違う言葉で嫌みを言ってくるあいつのほうがもっと大人げない。

「くっそー」

舌打ちを繰《く》り返しながら、警備員室へと入った。

あんな嫌み剝《む》き出しな男のことなどさっさと忘れよう、そう思いながらコンビニで買ってきた弁当をかっ食《く》らったが、苛々《いらいら》した気分は収まらない。

人類みな兄弟、と言えるほどおめでたい頭ではないが、貴志には笑顔《えがお》もお世辞も、なにひとつ通用しない。あんな性格で、よく社員と一悶着《ひともんちゃく》起こさないものだ。ワンマン社長に逆らった者は即刻《そっこく》クビにでもしているのだろうか。

ふと気づくと、貴志のことばかり考えているのも嫌《いや》だ。

次に会ったらなにを言われるのか、どんな難癖《なんくせ》をつけられるのか、どこまで不機嫌《ふきげん》そうなツラにつき合わなければいけないのか。いい加減、どこかで慣れろよとおのれにしょっちゅう言い聞かせているのだが、敵はこっちの予想よりも遙《はる》か斜《なな》め方向から鋭《するど》い言葉を発してくるのだ。どう構えていても、防ぎようがない。

「……あー、俺もたいがいウゼー」

貴志自身に文句を言えないのだったら、べつの方法で憂さ晴らしをするしかない。

くさくさした気分を晴らすように頭《かぶり》を強く振《ふ》り、デイパックの中から透明《とうめい》のＤＶＤ―ＲＯＭケースを取り出した。

金色のディスクにはなにも書いていない。

だが、中身がどんなものかばれれば、一発で警察に捕《つか》まるという「保証付き」の無修正ポルノだ。

これをくれた友だちと数分だけ一緒《いっしょ》に見たが、野外プレイあり、激しい3Pプレイあり、乱交プレイもありという内容で、画質はもちろん、アングルもしっかりした超《ちょう》一級品で、この手の代物《しろもの》は見慣れているはずの尋でさえも、思わず息を呑《の》んだほどだ。

『よくこんなスゲエの、手に入ったよな』

『裏ルートってのがあるんだよ、裏ルートってのが。尋にはいつもゴチになってるから、プレゼントするよ』

『ありがと』

それでいま、その違法《いほう》DVDを、尋は期待に胸躍《おど》らせ、警備員室にあるDVDプレーヤーにセットしているというわけだった。

薄型液晶《うすがたえきしょう》の画面がふっとブラックアウトしたかと思ったら、すぐに目にも鮮《あざ》やかな肌色《はだいろ》が映った。

「うっわ、……やっぱスゲエ……」

いまやインターネットを通じて、違法画像は星の数ほど見ることができるが、たいてい女優がぶさいくだったり、身体《からだ》つきが崩《くず》れていたり、画質そのものが悪かったりで、いまいち乗り切れなかった。

だが、これは違《ちが》う。

どこかの酔狂《すいきよう》がふんだんに金をかけて、凝《こ》りに凝って撮《と》ったものなのだろう。映画やＰＶのようにメニュー画面がこれにもあって、好みのタイトルを選べるようになっている。

数本のショートストーリーが入っているらしく、上からずらりと並ぶタイトルを順番にチェックしているうちに、貴志への不満もなんとなく曖昧《あいまい》になっていく。

タイトル横で目隠《めかく》しされた女優がモザイクなしでねちっこくフェラチオをしているのを見ると、しだいに気分も昂《たか》ぶってくる。

野外プレイあり、調教ものありとどれもおもしろそうだが、いちばんハードそうな三本目の『アソコでもお尻《しり》でも感じちゃう』というタイトルを選んでプレイボタンを押した。

どこかの会社で隠《かく》し撮《ど》りしたのか、結構綺麗《きれい》どころの女優が新人社員として残業で居残り、一緒に残業していたふたりの男にいろいろと仕事を教えてもらっているうちに、「気持ちいいことも教えてあげようか？」というストーリーになっているらしい。

たいていのポルノビデオはいきなり脱《ぬ》いで挿入《そうにゆう》、射精、終了《しゆうりよう》というパターンだが、これはリアルなドラマのようにさまざまな会話の果てに、一枚一枚、女優から服が剝《は》がされていくというねっとりしたつくりだ。

女優や男優も感情移入しているのか、上気した顔はかぎりなく本物っぽい。

深夜のオフィスで淫《みだ》らに女優の服を脱がす男優の巧《たく》みな手つきに、尋はこくっと息を呑んで、そろそろと制服のスラックスのジッパーの上から撫《な》で回してみた。痛いぐらいに張り詰《つ》めた性器は、ジッパーを下ろしただけでぶるっと上向きに撥《は》ね出る。

「……ッ……」

そのうち、画面の中でもいやらしい挿入が始まった。ふたりの男のうちひとりはやさしい顔立ち、もうひとりは対極的に精悍《せいかん》な面差《おもざ》しで、眼鏡《めがね》をかけている。

その男の横顔に、快感も忘れてぎくりと顔を強張《こわば》らせた。

——なんか、コイツ、あの社長に似てる……。

とっさにストップボタンを押し、静止画像を食い入るように見つめた。

よくよく見れば、DVDの中の男と貴志の共通点は、体格がよくて眼鏡をかけているという点だけで、当たり前だが別人だ。

「そりゃそうだよな、あの堅物《かたぶつ》がこんなDVDに出てるワケねーよな」

ほっとため息を漏《も》らしてプレイボタンをもう一度押すと、貴志とどこか似ている男が蹂躙《じゅうりん》を再開する。

ネクタイを乱れさせ、声を殺す男は慣れた手つきで女の尻を撫で回し、怒張《どちょう》したものでゆっくりとうしろから犯《おか》していく。

『ここが気持ちいいんだろう?』

抑制《よくせい》された男の声に、ぐちゅっ、ちゅぷゅっ、と出し挿《い》れする音が高まっていく。

自分と同じ男のモノを見てどうというわけではないが、アナルセックスを間近で見るとやはり衝撃的《しょうげき》だ。

野性味を帯びた男の腰遣《こしづか》いは巧みで、大きな男根をぬくぬくと出し挿れしていた。

ずちゅっ、と熟《う》れた肉を穿《うが》つ濡《ぬ》れた音と荒《あら》い息遣いが混ざり合い、尋はいつの間にか夢中になっていた。

オナニーしやすいようにスラックスをもう少しずり下げ、横ばいになった状態で濡れたしずくを垂らすペニスに指を絡《から》み付けた。

斜めに反り返る自分のそれを根元からゆっくりと扱《しご》くと、全身がざっと粟立《あわだ》つような快感がほとばしった。

「……は……っ」

ここしばらく、女と寝《ね》てなかったせいもあって、すぐに達してしまいそうだ。

そばにティッシュの箱を用意し、真っ赤に充血《じゅうけつ》したペニスの先端《せんたん》をねとねとと弄《いじ》り、陰嚢《いんのう》にも指を這《は》わせてみた。

画面の中の男が逞《たくま》しい喉《のど》をそらし、一層激しい腰遣いで女を責めている。

もう一方の男がたわわな乳房《ちぶさ》を揉《も》みしだいていたが、尋の視線は、額に汗《あせ》をうっすら滲《にじ》ませて、太い肉棒で最奥《さいおう》を犯す男に張りついていた。

――やっぱ、どっかあいつと似てる……。

快感の最中《さなか》に思い出すのにはまこと不適切な相手で、自分としてもべつの方向へと考えをめぐらせたいのだが、身体が反応してしまっている。

——今日だって、俺に嫌みを言ったばかりじゃねえか。

『ああ、ほんとうに疲《つか》れた』

ぶっきらぼうな声が何度も頭に響《ひび》き渡《わた》る。大人げない言葉を吐《は》く男の声を憎《にく》らしく思うならともかく、画面の中の男があまりに卑猥《ひわい》な腰《こし》つきで責め立てるものだから、意識が混濁《こんだく》してしまう。

——あいつみたいな仕事バカって、案外、セックスのときはめちゃくちゃエロい顔すんのかも。ああいう真面目《まじめ》な奴《やつ》ほど、スゲエことするんだよな。

その妄想《もうそう》で快感に弾《はず》みがついてしまった。

いつ会ってもむっつりした顔で仕事に没頭《ぼっとう》し、ろくすっぽ声をかけてくれない貴志のような男でも、セックスのときには日頃《ひごろ》の無表情を脱ぎ捨て、こんなふうになにもかも食らい尽《つ》くすような顔を見せるのだろうか。

「……あ……っ」

だんだんと昇《のぼ》りつめていく感覚のなか、画面の中の男と貴志が妙《みょう》にシンクロしてしまい、興奮を煽《あお》る。

「あ、……、ぁ……っ」

知らずと声が出てしまい、自分のそこを扱くスピードも速くなる。

もうそろそろ、達してしまう。画面の中の男優になりきった気分で快感を得るのではなく、女優の喘《あえ》ぎと同じタイミングで喘いでいる自分に少し驚《おどろ》いたが、たまにはこういうのもいいかもしれない。

男優と貴志が快感で蕩《とろ》ける頭の中でごっちゃになってしまい、止めようにも止められない。同性にむりやり犯されたらどうなるんだろう、嫌《いや》だと必死に暴れても最後にはあんなふうに太く大きなものをうしろから挿れられたらどうなるんだろうと思い浮《う》かべたとき、頭の中を突《つ》き抜《ぬ》けるような強い快感が押し寄せてきた、と、思ったら、いきなりガシャリと扉《とびら》のノブが回る音が聞こえ、「——なにをやってるんだ?」という低い声が響き、一瞬《いっしゅん》のうちにすべての回路が凍《こお》り付いたみたいだった。

すぐそこまできていた絶頂感も忘れ、おそるおそる振《ふ》り返ると、スーツ姿の貴志が傲然《ごうぜん》とした態度で立っている。

「——な……」

息を呑むしかなかった。

仕立てのいいスラックスのポケットに片手を突っ込み、テレビ画面と間《ま》抜《ぬ》けな格好をさらしている尋を交互《こうご》に見て、貴志がため息をつく。

「休憩《きゅうけい》時間に自慰《じい》してたのか」

「……は……？」

さらりと言われた言葉が理解できず、酸欠状態の尋は口をぱくぱくさせるだけだった。

どうして、ここに貴志がいるのだろう。

午前二時半過ぎ、彼がわざわざ地下二階の警備員室を訪ねてきたのは、今夜が初めてだ。

――まだ仕事してるか、もうとっくに帰ったかと思ったのに。

採用時に、『たまに様子を見に行く』と言っていたが、なぜ、こんなにも最悪のタイミングで踏《ふ》み込んでくるのか。

「自慰してたのか、と言ったんだ。最悪だな、おまえは」

「……な、……っなんで急に入ってくんだよ！　そっちこそ最悪だよバカ！　見んなよ！」

制服のスラックスを急いでずり上げたが、まだ勃起《ぼっき》が収まらないペニスがぎちぎちして痛い。

それでも必死にＤＶＤを消そうとしたが、貴志のほうが早かった。

さっとリモコンを取り上げ、メニュー画面に戻《もど》し、扇情《せんじょう》的なタイトルに、「ふん」と鼻を鳴らす。

「休憩時間になにをしていても構わないが、自慰していいとは言っていないが」

「……あんた、さっきから何度も何度も恥《は》ずかしいこと言うなよ！」

思わぬ場面に踏み込まれた恥ずかしさで頭に血が上り、相手が社長だということも忘れて怒《ど》鳴《な》り散らした。

品のあるスーツを隆《りゅう》と着こなし、眼光鋭《するど》い男の口から「自慰」というはしたない言葉がためらいなく出てくることに、喉がからからに干上《ひあ》がっていく。

「こういうのが趣味《しゅみ》か？」

「……な、なにが……」

格好悪いところをなんとか隠《かく》し、熱くなるばかりの顔をそむけた。

「『アソコでもお尻《しり》でも感じちゃう』というのが、おまえの好きな内容か」

「変なことばっか言うな！」

「ここに書いてあることを正直に言ったまでだろうが」

メタルフレームの眼鏡がしっくりはまる冷然とした顔で、いやらしい言葉を堂々と言う男の気迫《きはく》に負けそうだが、断じて怯《ひる》むものか。

だが、頭の片隅《かたすみ》では、ついさっきまでの、画面の中の男優と貴志を重ね合わせ、――強引《ごういん》に抱《だ》かれたらどうなるんだろうという淫《みだ》らな妄想の切れ端《はし》がひらひら泳いでいる。

行き場を見失った快感がじわり、じわりと理性を苛《さいな》んでいく。貴志が無言で見下ろしているせいだ。

「……用、ないなら出てけよ。俺は休憩中なんだよ」

すると貴志は左眉《まゆ》をつりあげ、皮肉っぽく笑う。

「俺が出ていったら、自慰の続きでもするのか？」

「しねえよ！」

「じゃ、どうするんだ」

「どうするって……」

そこで初めて、貴志が靴《くつ》を脱《ぬ》いで畳《たたみ》に上がり、間近に迫《せま》っていたことに気づいた。

黒い影《かげ》がかぶさり、自分ともあろう者が、怯《おび》えとも、とまどいともつかない感情に振り回され、指一本動かせない。

「見せろ」

しばしの沈黙《ちんもく》のあと、貴志のはっきりした声に、「……え？」と目を丸くした。

貴志がにやりと笑う。

「俺の前で自慰をしてみせろ。途中《とちゅう》だったんだろう？　邪魔《じゃま》して悪かった。いますぐ続きをやってくれ」

「な……、なに、言って……」

できるわけがない、と言おうとしたが、ＤＶＤが再生され、またもせつなげな喘ぎや荒々《あらあら》しい吐息《といき》が漏《も》れ出す。

「できるわけ、……ねえ、だろ！」

やっとのことで言い返したが、貴志は余裕《よゆう》たっぷりに笑い、「——それじゃ」と素早《すばや》く背後に回り込んで尋の両手、両足を押さえ込む。

「俺が手伝ってやったら、やれるか？」

「んなわけねえだろ！　バカなことばっか言ってんじゃ……っ、ぁ、……っ！」

語尾《ごび》が高く掠《かす》れたのは、昂《たか》ぶりが鎮《しず》まらないジッパーの縫《ぬ》い目を貴志がなぞってきたせいだ。

その指先にぎょっとして肩越《かたご》しに振り返ったが、大人の男は不敵に笑っているだけで、鍛《きた》え抜いた身体《からだ》で尋の抵抗《ていこう》を易々《やすやす》と封《ふう》じ込めてしまう。

「……あっ……」

「なるほどな、そういう声を出すのか。ああ、下着に染《し》みができてる。我慢《がまん》してたのか」

慌《あわ》てて着直した警備服や下着をむりやり脱がされ、半端《はんぱ》な形で性器だけ露出《ろしゅつ》させられて、いたぶられた。

貴志の長い指が自分のそこに絡《から》み付くのを見ただけで、背中がたわむほどの鋭い快感が走り抜ける。自分でしていたときとは、まったく比べものにならない。

「いやだ、やめろって……！」

先走りでぬるぬるするペニスを撫《な》で回す指が、悪い夢のようだ。

「……あんた……っ、こういうの、慣れて、んのかよ……っ」

むりやり感じさせられていることを認めたくなくて貴志を睨《にら》んだが、「いや、べつに」と意外な答えが返ってきた。

「男はおまえが初めてだ。そういうおまえはどうなんだ。アナルセックスのＤＶＤが好みということは、男が好きなのか」

「ちがう……っ、これは、……単に、興味、あった、だけで……」

「興味があっただけで、ここをこんなに硬《かた》くするのか？」

「変態かよ、あんた……！」

「変態？　それはまたずいぶんな言いようだな。いやらしい汁《しる》をこぼしてよがりまくってるおまえのほうがよほど変だと思うが」

凄味《すごみ》のある囁《ささや》き声に脳髄《のうずい》まで犯《おか》されそうで、狂《くる》ったように暴れたが、そうすればするほどがっしりと背中から掴《つか》みかかられてしまい、ついでに制服の上着のボタンをふたつ、みっつとはずされた。

「あ……っ！」

ワイシャツの上から軽く引っかかれただけなのに、胸の尖《とが》りがずくんと疼《うず》く。

「こんなところも感じるのか。おまえ自身、DVDに出られる素質があるんじゃないのか？」

くくっと笑う声が憎《にく》くてたまらない。せめて唾《つば》でも引っかけてやろうと振り向くやいなや、顎《あご》を捕《と》らえられて、威力《いりょく》のあるまなざしに撃《う》ち抜かれる。

DVDの男よりもっと凶暴《きょうぼう》な視線に、――ヤバイ、ほんとうにこの男はヤバすぎると怯えたところで、すでに遅《おそ》い。

そのあいだも、ペニスをねっとりと扱《しご》かれ、陰嚢《いんのう》もやわやわと揉《も》み込まれた。

「……ッん……く……っ」

どう歯を食いしばっても声が抑《おさ》えられないことに、涙《なみだ》が滲《にじ》みそうだ。

「……案外、いい顔をする」

冷ややかに笑うくちびるがぶつかり、目を瞠《みは》った隙《すき》にぬるりとした肉厚の舌がもぐり込んできた。

「んっ……ん、っぅ……」

ぬるぬるした舌から逃《のが》れようとしてもむりで、たっぷりとした唾液《だえき》を交《か》わし、きつく吸われると、身体中の力が抜《ぬ》けていく。

口を開けば棘《とげ》のあることとしか言わない男にあろうことか愛撫《あいぶ》され、しかもキスまでしているという驚愕《きようがく》の事実が尋の理性を踏みしだき、快感ばかりが研《と》ぎ澄《す》まされていく。

こんな強引なキスは知らない。いままでに、一度もしたことがない。

尋にも応《こた》えるようにと、貴志は無言で急《せ》き立ててくる。口内をいいように這《は》い回る舌に惑《まど》わされ、無意識におずおずと舌を搦《から》めると、いきなり荒《あら》っぽく擦《こす》り合わせられ、あふれるほどの唾液が伝わってきた。ペニスをいたぶる手つきも、しだいに悪辣《あくらつ》になっていく。

スーツの生地《きじ》が擦《す》れる音がする。

逞《たくま》しい胸に抱きかかえられ、貴志の愛撫で急激に追い詰《つ》められていった。

自分ばかり感じてしまうのがどうしようもなく悔《くや》しい。相手はこの状況《じようきよう》を愉《たの》しみ、尋の悶《もだ》える顔に冷たく笑っているだけだ。

「ん――……っ！」

先端《せんたん》のくぼみから次々にあふれるしずくをせき止めるように指先がくりくりと食い込み、痛みにも近い引きつれに尋が身体をよじると、今度は信じられないほどやさしく擦りあげてくる。

もう、達することしか頭にない。潤《うる》む視界に、笑う男が映る。

「まさか、俺がこんなことをするとは思っていなかったって顔だな。俺だってそうだ。おまえがここまで感じやすい身体だとは思わなかった」

「……ッちがう、って……、ッも、……やめろよ……！」

頭を振《ふ》って懸命《けんめい》に否定したが、露骨《ろこつ》な指遣《ゆびづか》いに腰《こし》が揺《ゆ》れてしまう。

相手は男なのに。まだ、一度もまともに名前を呼んでくれない男にむりやり愛撫されて、舌を吸われて感じるわけがないと思いたいのに、身体は尋のこころを見事に裏切り、従順な反応を示してしまう。

――あんたのせいだ。あんたが踏《ふ》み込んでこなかったら、俺ひとりでこっそりイけたのに。

尋の痴態《ちたい》を執拗《しつよう》に追う視線に、一歩間違《まちが》うとどうしようもなく乱れてしまいそうだ。

だが、最後の最後まで絶対に屈《くっ》してやるものか。

言葉にならない意地を胸に刻んだが、舌を淫猥《いんわい》にくねらせ、揉め合い、暴発しそうな快感を抱《かか》えている状態ではどうにもならない。

警

「……ん……っ、あぁ……っイ、く……っ！」

身体をふたつ折りにして、尋は声を振り絞《しぼ》った。それと一緒《いっしょ》に、性器の根元を握《にぎ》る強さが増し、びゅるっと精液がひと息にあふれ出す。

慌てて先端を自分の手でふさぐことで、勢い、貴志の手も掴んでしまい、ほんとうに自慰《じい》を手伝ってもらった気になってくる。

力の入らない身体を横たえ、ひくん、としなる亀頭《きとう》から熱い精液がとろとろこぼれ続けて畳を汚《よご》す前に、貴志がティッシュを何枚か抜き取って掴ませてきた。

それからふいに、ジャケットの内ポケットから携帯電話《けいたいでんわ》を取り出し、カシャリとちいさな音を響《ひび》かせる。

「おまえの乱れた顔を撮《と》った」

達したばかりの意識ではまともな反論も浮《う》かばず、眼鏡《めがね》をかけ直す男を睨み据《す》えるのが精一《せいいっ》杯《ぱい》だ。

「なにか文句を言いたそうだな」

「あんた……」

どういうつもりでこんなことをしたのかと問いたかったが、それを遮《さえぎ》って貴志はジャケットの襟《えり》を正し、なんでもなかった顔で背を向け、靴を履《は》いて出ていこうとする。

「待てよ！」

まだまともに整わない制服の襟元を右手で押さえ、思わず引き留めた。

「そんな写真撮ってどうすんだよ！　いますぐ消せよ！」

やっとのことで怒鳴《どな》ると、貴志はちらっと笑い、肩《かた》をすくめる。

「これは、今後おまえを自由に操《あやつ》るいい材料になる。だから、消さない。俺の言うことを聞かなければ、即座《そくざ》にこの写真をばらまく。大学にも送ってやる。おまえの実家にも送ってやる。どうだ？」

「……ッな……！」

横顔で冷たく笑う男に、絶句してしまった。暗に――いいや、はっきりと脅《おど》されていると知り、頭の中まで熱くなってくる。

これが、由緒正しい《ゆいしょただ》『吉葉』を背負って立つ男の本性《ほんしょう》かと思うと、頭がくらくらしてきた。

――勤務中にやらしいＤＶＤを観《み》てた罰《ばつ》として、いっそ俺をクビにすりゃいいのに。なんで、たかがバイトの俺を脅すんだ？

携帯電話を軽く揺らし、貴志が薄笑《うすわら》いを浮かべる。

「俺は仕事で忙《いそが》しい。まあ、言うなれば、これはお楽しみのひとつだ。おまえみたいなバカを弄《いじ》るのも気分転換《てんかん》のひとつぐらいにはなるだろう」

真っ向から「バカ」とはっきり言われて真っ青になるしかない尋に、貴志は独特の艶《つや》のある声できっぱりと言い切った。

「休憩時間《きゅうけい》に淫《みだ》らな行為《こうい》をしていた罰として、今日の日給はナシだ。今後はちゃんと働け。またこんなことをしたら、即刻《そっこく》さっきの写真をばらまくぞ」

それだけ言って、貴志はさっさと出ていってしまった。

あり得ない。まったくもってあり得ない。

世にも最悪の展開だ。

「……くそったれ！」

バタンと閉じた扉《とびら》に、耳の先まで真っ赤になった尋は空っぽのＤＶＤケースを思いきりぶん投げた。

最低最悪の気分で夜勤を終え、交替《こうたい》でやってきた小杉に、「どうしたんだよー」とむくれ顔を指摘《してき》された。

「大河内くん、なんだよ、めちゃくちゃ怖《こわ》い顔してるよー。オバケにでも遭《あ》ったのか？」

「そっちのほうがまだマシッスよ」

ぶっきらぼうに言い、夜間ずっと預かっていた鍵《かぎ》を小杉に渡《わた》して、尋は「お疲《つか》れさま」と足早にビルを出た。

七月の朝はまぶしく、気温も上がっている。朝六時、ぞろぞろと出勤するひとたちの流れに逆らい、尋は黙々《もくもく》と地面を蹴《け》りつけるようにして歩いた。

とにかく、一刻も早くマンションに帰りたい。

そして、あの男の痕跡《こんせき》を綺麗《きれい》さっぱり洗い流し、強いウォッカを立て続けに三杯《ばい》飲み干してベッドにもぐれば、すべて忘れられるはずだ。

「……ちくしょう……」

地下鉄に乗っているあいだ、暗い窓ガラスに映る自分の顔にまだどこか快感の名残《なごり》があるようで、ゴッンと頭ごとぶつけたくなってくる。

よもや、貴志にあんなことをされるとは思っていなかった。

それまでずっと、『新人バイト』呼ばわりされてきたせいか、自分のことなど目の端《はし》にも入れていないのだろうと思っていたのだ。

大勢いるうちの、たったひとり。

そういう存在としてどうでもいい扱《あつか》いを受け、むきになって怒《おこ》っていたが、ほんとうに怒らなければいけない場面で、こともあろうによがりまくり、しまいには写真まで撮られて、脅されて始末だ。

——なんで、あんなことになったんだよ……。いっそ、クビにしてくれりゃいいのに。

年上の男にいかされた屈辱《くつじょく》は、そう簡単に消えない。

今後、どうすればいいのか。

「こっちから辞《や》めるって言っても……」

たぶん、貴志は間違いなくあの写真をばらまくと言うだろう。勤務先で淫らな行為をしていたら、当然の罰を負うべきだ。

だが、辞めたくとも辞められないのは、いかがわしい時間に『吉葉』のトップである貴志本人が関《かか》わっているという事実があるせいだ。しかも、それを裏付ける写真には、自分しか写っていないというのも、また腹が立つ。

これから先がどうなるにせよ、しばらくは『吉葉』での夜勤勤務を続けなければいけないのかもしれない。

ため息をつきながら力ない足取りでマンションに戻《もど》り、熱いシャワーを浴びて腰が抜《ぬ》けるほど飲みまくるかと考えたが、結局おとなしく寝《ね》ることにした。

こういうときにやけ酒をすると、よけいに痛手を負う気がする。

缶《かん》ビールを一本だけ飲み、次に目を覚ましたのは午後三時過ぎだ。今日は、青山で大学の友だちに会うことになっている。

数時間寝ただけでも体力が回復するのは若さのたまものだと胸を張りたいが、起き抜けのシャワーを浴びていると、どうしても気がそぞろになってしまう。

昨日の今日だ。まだ、身体《からだ》のあちこちに貴志の指の感触《かんしょく》が残っている気がして、躍起《やっき》になってタオルでごしごしと擦《こす》った。

手早く身支度《みじたく》を調え、マンションの外に一歩出るとうだるような暑さが広がっている。いちいち最寄《もよ》りの駅まで歩く気力が消え失《う》せ、ちょうど通りかかったタクシーに手を挙げ、友だちが待っている青山の喫茶店《きっさてん》前まで走ってもらった。

こういう贅沢《ぜいたく》も、尋にとっては日常茶飯事《さはんじ》だ。

暑くても寒くても、すぐさまタクシーに手を挙げる尋の頭を、以前、女友だちが、『尋ちゃん、ゼータクすぎ』と不機嫌《ふきげん》そうにはたいてきたことがある。

そう言われてもしょうがない、というのが尋の本音だ。

恵《めぐ》まれた家庭に生まれ育ち、金で他人のツラをひっぱたく真似《まね》まではしないが、金で片付くことなら進んで金を払《はら》う、という考えだ。

「よう、尋。どした、不機嫌そうな顔してんなぁ」

待ち合わせ場所のオープンカフェで、大学の友だちである岸田《きしだ》が笑いながら手を振《ふ》っている。

ざっくばらんとした性格の岸田は両親が貿易会社を経営しているおかげで、幼い頃《ころ》からアメリカ、イギリス、フランスなど世界各国を渡り歩いてきた裕福《ゆうふく》な帰国子女だ。

爽《さわ》やかな緑のシャツを身につけた岸田の隣《となり》に乱暴に腰《こし》を下ろし、駆《か》けつけたウエイターに「アイスティ、ストレートで」と言い捨てた。

大通りから一本はずれたカフェは見つけにくい場所にあるせいか、落ち着いた雰囲気《ふんいき》で、客の年齢層《ねんれいそう》もわりと高めだ。

最近オープンしたばかりだが、味のよさ、接客のよさが口コミで広がり、少しずつ人気を集めているとなにかの雑誌で読んだことがある。

陽射《ひざ》しを遮《さえぎ》るキャンバス地の青いパラソルと木目のテーブルは都心のちいさなオアシスのようで、オープンテーブルなら煙草《たばこ》が自由に吸える点もいい。

「なんだよ、超《ちょう》ご機嫌ナナメじゃん。あのDVD、よくなかったか？」

違法《いほう》モノのDVDをくれた岸田を斜《はす》に睨《にら》み、「サイッテーのサイアク」とぼそりと答えながら煙草に火を点《つ》けた。

「えー、ここ最近じゃいちばんの自慢《じまん》のブツだぜ。どのへんが最悪だったんだよ。今後のためにもちゃんと聞かせろ」

親から受け継《つ》いだ輸入魂《だましい》をおかしなほうに向けている岸田に、むっとした顔を見せた。

ドラッグのような本気で危ないものに手を出すわけではないけれど、世界中を移り住んできた岸田は、日本では御法度《ごはっと》もののポルノDVDを極秘《ごくひ》に入手できるルートを持っているらしい。

「全部、最悪」

「全部って、……まったく参考にならん意見だな。どの内容にもそそられなかったか？」

ひとのよい顔で頭をかいている岸田をよそに、濁《にご》りのないアイスティをズーと音を立ててすすり込み、——参考にされてたまるか、とひとり胸の裡《うち》でごちる。

薫《かお》り高いアールグレイのアイスティは、ガムシロを入れなくてもほのかな甘みがある。そんじょそこらの喫茶店ではまずお目にかかれないほどのおいしさだが、いま、尋の頭を占《し》めているのはべつのことだ。

アイスティと一緒《いっしょ》に出された抹茶《まっちゃ》のちいさなロールケーキを、しかめ面《つら》で頬張《ほおば》った。

確かに、そそられた一瞬《いっしゅん》はあった。

あったが、結果はとても口には出せない恐《おそ》ろしいものになってしまった。

「……くそ！」

今日の浅い眠《ねむ》りにも、何度もあの冷ややかな笑《え》みが浮《う》かんでは消えた。

抜き打ち検査をするなら、いままでいくらでも機会があったのに、どうしてああも間の悪いところに踏《ふ》み込まれてしまったのだろう。

だいたい、警備員室でポルノＤＶＤを見ようと思い立った自分が悪いのだが、社長である貴志に見つかるという最悪の展開を迎《むか》えた先に、彼の手でいかされ、痴態《ちたい》を携帯《けいたい》カメラで撮《と》られて脅《おど》されるという、文句のつけようがない凶悪《きょうあく》な結末が待っているとは、ほんとうに一ミリグラムたりとも想像していなかったのだ。

「……あの写真……」

「ん？　写真がどうしたって？」

知らずと呟《つぶや》いていた尋に、岸田が首を傾《かし》げている。

携帯カメラに収められた恥《は》ずかしい写真を、どうしたら消してもらえるのだろう。殊勝《しゅしょう》な態度で、真摯《しんし》に、いっそ土下座でもしてこころから謝れば、いかに鬼《おに》のような貴志でも許してくれるのではないだろうか。

――ダメな気がする。そんなことであっさり許してくれる人物なら、そもそもあんな変態なことはしてこなかったはずだ。

男同士でやると、女を抱《だ》くときよりも何倍もの快感が得られると、したり顔の友だちが言っていたことがあったっけ。その友だちは両刀遣《りょうとうづか》いで、身体の相性《あいしょう》さえよければ、男でも女でもいけると豪語《ごうご》していた。

自分自身、遊び慣れているほうだとは思うが、やはり、男は女と寝るもので、同性同士での性行為《せいこうい》は異質で縁遠《えんどお》いものに感じていた。

だが、それも昨日までの話だ。

男に触《ふ》れられて感じるものかと懸命《けんめい》に否定し、「変態！」とまで罵《ののし》ったが、すべて徒労に終わり、日給二万円もパーになってしまった。

いや、この際、金はどうでもいい。

突《つ》き詰《つ》めて考えなければいけないのは、あの写真のゆくえと、今後も警備員として勤めなければいけないのかどうかという点だ。

「なぁ、尋、どうしたんだよー、機嫌直せよ。今度はもっとおまえ好みのＤＶＤ、探してくるからさ」

まるで見当違《ちが》いなことを言っている岸田に、「違うんだよ」と言いかけた矢先だった。

華《はな》やかなクラクションに驚《おどろ》いて顔をあげると、カフェの少し手前に、メタルブラックの車がぎらりとした陽射しをまとって停《と》まっていた。

「……スッゲー、どこの金持ちだよ、アレ。あのジャガー、確か世界で五十台しかつくられてねえっていうプレミア中のプレミア・カーだぜ……って、おい！　尋、どうしたんだよ！」

「わりィ、金、あとで払うから！」

デイパックを掴《つか》んで走り出した。気温三十度を超《こ》える暑さだというのに、背中を流れるのは間違いなく冷や汗《あせ》だ。

右側の運転席からサングラスをかけた男が顔をのぞかせ、もう一度短くクラクションを鳴らす。その音に、カフェにいた客全員が視線を向けてくるのを、尋は背中で感じ取っていた。

「なんだよ、どうして俺がここにいるってわかったんだよ！」

窓にしがみついてわめくと、するっとサングラスをずらした貴志が目の端《はし》で笑う。

どうして貴志がここにいるのだろう——そんなふうに、昨晩も考えたものだ。いつもいつもこう脅かされたのでは、いくらなんでも心臓が保《も》たない。

「乗れ。往来で騒《さわ》ぎを起こすのは俺の趣味《しゅみ》じゃない」

「俺だってそうだよ！」

「なら、早く乗れ。同じことを何度も言わせるな」

黒のサングラスをかけ直した貴志に、尋は手のひらに浮かぶ汗をジーンズに何度も擦《こす》りつけ、臍《ほぞ》を噛《か》む思いで左側の席のドアを開いた。

フロントガラス越《ご》しに、岸田の茫然《ぼうぜん》とした顔が見える。仕方なしに片手をひらひら振ると、岸田も惚《ほう》けたように手を振り返していた。

ギュッとタイヤが鳴り、細い路地を器用にくねり抜《ぬ》けるジャガーの助手席で、尋はドアにぴたりと身体《からだ》を寄せていた。

警戒心《けいかいしん》剝《む》き出しの姿が可笑《おか》しかったのだろう。

貴志が低く笑い、「怯《おび》えるな」と言う。

「取って食うわけじゃない」

「……口ではなんとでも言えるよな。どうして、俺があの店にいたのがわかったんだよ。もしかして、俺の跡をつけ回してんのか？」

「そんな暇人《ひまじん》に見えるか？　この俺が？」

呆《あき》れた声の貴志を横目で見た。社長という忙《いそが》しい立場上、たかが一バイトの跡をつけて回る余裕《よゆう》なんてこれっぽっちもないはずだ。

いつも隙《すき》のない着こなしをする貴志だが、今日もクールな印象を際《きわ》だたせる紺地《こんじ》のスーツを身につけている。

よく目をこらすと、薄《うす》いグレイのピンストライプが入っていて、男っぽい色気のある貴志の存在感を強めていた。

希少価値の高いメタルブラックのジャガーにブラックサングラス、ピンストライプスーツときたら、相当危ない世界に属した人間としか思えないが、実体は、誰《だれ》もが名前ぐらいは知っている高級懐石《かいせき》『吉葉』の社長。

「ひとは見かけによらない」という昔ながらの言葉を、尋は脱力感《だつりょく》とともに味わっていた。

「昨晩、おまえの身体に、兵器用として開発されたばかりの追跡《ついせき》パッチをつけた。いまはまだ極秘ルートでしか手に入らないものだ。ごく薄いシール状のものだからわからなかっただろう。そのパッチさえあれば、二十四時間、おまえがどこにいるか通信衛星を使って調べることができる」

「マジかよ……、んなの、どこにつけたんだよ！」

慌《あわ》てて、シートベルトをはずしてまでも身体のあちこちを探《さぐ》る尋に、貴志がくっと肩《かた》を揺《ゆ》らして笑い出した。

「バカだな、おまえはほんとうに。いまのはほんの冗談《じょうだん》だ。子どもだって騙《だま》されないぞ」

楽しげな笑い声に唖然《あぜん》とし、ますます力が抜けた。

子どもだって騙されないという冗談に、まんまと引っかかった自分は本気で最悪のバカだ。

「あのカフェは、一か月前に俺がオープンさせたんだ。今日はたまたま視察に来ただけで、ちようどそこにおまえがいたというわけだ」

「なんだ、……それなら、最初からそう言えよ……」

怒鳴《どな》る気力も体力も失《う》せ、尋はぐったりとドアにもたれた。

「おまえをからかうのは、いい暇潰《ひまつぶ》しになる」

「あー、そーですか」

投げやりな言葉にちらりと歯を見せて笑う男は、昨晩の不埒《ふらち》な熱を思い出させることなく、ただほんとうにおもしろがっているだけのようだ。

——普通《ふつう》にしてりゃ、いい男なのに。

ふっと浮かんだ考えに自分自身が少し驚いてしまうが、あながち嘘《うそ》でもない。

黙《だま》っていればいい男だ、吉葉貴志というのは。三十四歳の若さで歴史ある企業《きぎょう》のトップに立ち、見映《みば》えもいい。外をひとりで歩かせれば、大勢の人目を惹《ひ》きつけることは間違いない。

——そういう奴《やつ》が、どうして俺にあんなことをしたんだ?

彼の言うとおり、忙しい毎日を忘れるため、ストレス発散のためのひとつなのか。

そう思うと、よけいに気分がささくれてしまう。この自分が誰かの手玉に取られるなど、かつて一度もなかったのに。

図々《ずうずう》しい態度を取ってやれ、と囁《ささや》く本能に身を任せ、革張りのシートにだらしなく寝《ね》そべり、断りもせずに煙草《たばこ》をくわえた。

「で？　俺を拉致《らち》ってどこに行くんですか」

「そうだな、……どこか行くか。腹は減ってるか」

「フッー」

「それじゃ、イタリアンに行こう。いい店がある」

　勝手に決めて勝手にハンドルを切る男に、「いいんですか」と聞いた。

「社長なのに、こんな時間、外をほっつき歩いてていいんですか？」

「市場調査だ」

「へー」

「さっきのカフェはどうだった？　旨《うま》かったか。店員の接客態度はちゃんとしていたか？」

「……よかった、と思うけど。アイスティもうまかったし……」

　スゲエまずくて店員の態度も最悪だ、と言ってもよかったのに、つい素直《すなお》に答えてしまったのは、サングラスをはずした貴志が、思いのほか真面目《まじめ》な表情をしていたせいかもしれない。

「なら、よかった。店がうまくいくかどうか、最初の一か月がとくに大事なんだ」

「一か月って……ずいぶん見切りが早くないですか？」

「いまの客は飽《あ》きっぽいから、それぐらいが限界だ。それに、カフェは最近じゃ素人《しろうと》でも手を出すような事業だろう。最初からクオリティの高いもので抜きんでないと、とても生き残れない。おまえだって、一度ダメな味の店にあたったら、二度といかないだろう？　ほかの店を探すだろう？」

「まあ、そうかも……」

淡々《たんたん》と喋《しゃべ》る男に頷《うなず》きつつ、少し不思議を感じていた。

『吉葉』という格式高い料亭《りょうてい》を動かすだけでも大変だろうし、十分潤《うるお》っているはずだ。なのに、さっきの洒落《しゃれ》たカフェをこの堅物《かたぶつ》がつくったと聞いて、二度びっくりだ。

古きよき歴史をいまに残す『吉葉』とはまるでイメージの異なる店づくりを思い出し、よほど店舗《てんぽ》経営が好きなのかとそれとなく聞いてみると、「まあな」と返ってきた。

「でも、『吉葉』だけでも十分儲《もう》かるんじゃないですか。俺も、両親に何度か連れてきてもらったことあるけど、かなりの値段じゃないですか。べつに、新しい店を興《おこ》さなくてもいいのに」

「確かに、『吉葉』は長年、お客様に愛されてきた店だ。おまえが言ったようにひとり分の代金は相当のものだ。値段を下げると、いい材料が使えない。長く勤めてくれている板前たちにも、『他店より高いお金を払《はら》って食べていただいている』という自負があるんだ。だが、歴史ばかりに頼《たよ》っていたら、いずれかならず新鮮《しんせん》な感覚を失う日が来て、お客様たちも離《はな》れていく。そうならないためにも、つねに新しいチャンスは見逃《みのが》したくない」

ブレーキをかける貴志の横顔を盗《ぬす》み見て、「ふーん……」とできるだけつまらなそうに答えたが、胸の裡《うち》では、——結構まともなこと言うじゃん、と考えていた。

警備員として会っているときは嫌《いや》みしか言われないし、昨日のこともあって、またろくでもない展開になるかと懸念《けねん》していたのだが、意外にも真っ当な会話が成立している。

ふたりきりの密室という車内でも貴志が手を出してくることはなく、麻布《あざぶ》のはずれにある古びた洋館に到着《とうちゃく》する頃《ころ》には、尋もごく普通の調子で喋っていた。

「こんなところで、イタリアン食べさせてくれるんですか？」

「ああ。ひとづてに聞いて俺も二、三回来たが、いまの東京でいちばんうまいイタリアンだ」

瀟洒《しょうしゃ》な洋館の扉《とびら》を開けると、ふわりとオリーブオイルのいい香《かお》りが漂《ただよ》う。

「吉葉様、よくいらしてくださいました。お席はいつもの窓際《まどぎわ》でよろしいでしょうか」

「頼《たの》む」

清潔な白いシャツに黒のエプロンを巻き付けたウエイターが、気さくな笑顔《えがお》で尋たちを窓際のテーブルへと案内してくれた。

「へえ、……中庭なんかあるんだ」

「外から見ただけじゃわからない造りがおもしろいだろう」

貴志の言うとおり、長細くくり抜かれた窓の外には、緑豊かな中庭が広がっていた。

大木が心地《ここち》よい日陰《ひかげ》をつくり、涼《すず》しい風が吹《ふ》き抜けていく。可愛《かわい》らしい黄色や白の花が点々と散らばっているのを目にして、知らずと尋は微笑《ほほえ》んでいた。

ビルとアスファルトと車しかないと思っていた東京のど真ん中でも、探せば素朴《そぼく》な自然が残っているのだ。

「なんつーか、エコを気取るわけじゃないですけど、こういう景色を見ると……ちょっとホッとする」

「ああ、コンクリートだらけじゃ息がつまる。『吉葉』も、さっきの店も、できるかぎり自然の素材を活《い》かすようにしているんだ。『食』の時間に緊張《きんちょう》したら、味もなにもわからないだろう?」

「……まあ、そうッスね」

無難に頷くあいだ、貴志がてきぱきとメニューを決めていく。車を運転しているので、ワインではなく、炭酸水を頼んだ。

「苦手なものはあるか」と聞かれ、「ない」ときっぱり返すと、貴志はなぜか満足そうな顔だ。

「いいところの坊《ぼっ》ちゃんらしい。さぞかし、舌が肥えてるんだろう」

「べつに、そうでもないけど。親にあちこち引っ張り回されてきただけだし」

「放蕩息子《ほうとうむすこ》の趣味《しゅみ》は暇潰しのバイトか。……ああ、それと、いかがわしいポルノＤＶＤの鑑《かん》賞《しょう》もそうか。男も絡《から》んでくるハードなプレイが、おまえの好みか?」

油断していたせいか、飲みかけの炭酸水を吹き出すかと思った。

ついさっきまで真面目なことを言っていた口から、すらすらと卑猥《ひわい》な言葉が出るのが悪い夢のようだ。

まなじりを吊《つ》り上げ、尋はちいさな声でなじった。

「あれ、――あれは、違《ちが》うって……」

「違う？　なにが違うんだ？　昨日、俺がちょっと触《さわ》っただけでいやらしい声を出して感じまくっていたのは、事実だろう」

ひそひそした囁き声は、自分にしか聞こえないはずだ。絶対にそうだ。こんなことを他《ほか》の誰《だれ》かに聞かれたら、その場で卒倒《そっとう》してやる。

「やめろって、もう！　あれは――あんたが……変なこと、して、くるから……」

「そもそも、違法《いほう》モノのＤＶＤを会社で見るおまえが悪い」

くだらない言い合いを楽しんでいる貴志に、舌打ちするしかなかった。

たちの悪い男としか言いようがない。

「昨日の証拠《しょうこ》だ」

「……っ……！」

ぬっと眼前に突《つ》きつけられた携帯電話《けいたいでんわ》の画面に、思わず呻《うめ》いた。

達した直後の上気した自分が、そこにいた。

制服が乱れ、ジッパーの隙間《すきま》からはみ出したペニスも赤く充血《じゅうけつ》して勃起《ぼっき》が収まらず、とろりとした白濁《はくだく》を拭《ぬぐ》おうとしている自分の顔がまるで男を誘《さそ》っているかのように見えて、かっと頬《ほお》が火照《ほて》った。

——俺って、こんな顔をするのか。

いま一瞬《いっしゅん》の隙《すき》を狙《ねら》って携帯電話を奪《うば》い、へし折ってやればよかった。

そう気づいたときには、もう遅《おそ》い。さっと手を伸《の》ばしたが、すんでで携帯電話を引っ込めた貴志のにやりとした笑いに、盛大にため息をついた。

「……ったく、いきなり変なモン見せないでくださいよ……！」

「おまえの顔だろうが」

そこでウエイターが前菜を運んできたので、とりあえずひそひそ話は一旦《いったん》打ち切りになった。

フォークとナイフを手にしても、なんだかどこか落ち着かない。

不謹慎《ふきんしん》かと思えばとりつく島もないほどくそ真面目な男が、次になにをするのか気になって目が離せない。

そういう感覚を他人に持ったことがないだけに、とても困るし、ためらってしまうのだ。優先権はいつだって自分にあり、誰かの言いなりになったことは一度もない。

——ぼんぼん育ちだと罵《ののし》るなら罵れ。俺は絶対に、分の悪い駆《か》け引きなんかしないからな。

じりじりと焦《こ》げるような怒《いか》りをひとりみぞおちに感じたところで、貴志は料理を前にするとよけいな口を挟《はさ》まず、ひたすら味わうことに専念するようだ。

思わず惚《ほ》れ惚《ぼ》れするようなスピードで料理を平らげていく男に、尋も気分を切り替《か》え、貴志に遅《おく》れじと前菜や冷たいスープを口にした。

東京でいちばんうまい、と貴志が太鼓判《たいこばん》を押した店だけあって、どの料理もほんとうにおいしい。

メインディッシュのあとは、チョコレートムースに香り豊かなエスプレッソを運んでもらい、絶妙《ぜつみょう》なほろ苦さと甘さを交互《こうご》に味わった。

「警備の仕事はもう慣れたか」

食後の煙草《たばこ》を旨《うま》そうに吸う粋《いき》な仕草を無意識のうちに真似《まね》てみようとしたが、歳が違《ちが》いすぎるせいか、キャリアのせいか、うまくいかない。

ふたつの相反する顔を器用に使い分ける貴志に、いまだ警戒心《けいかいしん》を抱《いだ》きつつも、「……まあまあ、慣れてきたトコ」と答えた。

「小杉さんがスゲーよくしてくれるから、ほとんど困らない。夜食の弁当も、小杉さんの奥さんがつくってくれるんだ。外で食うより全然ウマイよアレ。しゃちょー……、あ、いや、……たー、……貴志さん、食ったことある？」

「何度かご相伴《しょうばん》にあずかったことがある。小杉の奥さんは調理師の免許《めんきょ》を持ってるんだ」

「あー、だからあんなにウマイのか」

貴志をどう呼ぼうかととっさに逡巡《しゅんじゅん》し、「社長」と呼ぼうとしたのだが、午後のゆったりした空気が流れるイタリアンレストランで「社長」「社長」と連呼するのは妙《みょう》におかしい気がして、つい名前を口にしていた。

けれど、貴志は気にしたふうでもなく、煙草の灰を落としている。

空腹が満たされたことで尋も度胸がつき、この際だとばかりにいろいろと話しかけてみた。会社ではなかなか聞けないことも、いまなら突っ込んでいいはずだ。

今日、このレストランに誘ったのは貴志のほうなのだから。

「ていうか、この先も夜勤って俺ひとりなんですか？　結構キツイんですけど」

「おまえはまだ若いだろ。バイトが趣味のようなものじゃないか」

「でも、俺だって突発的《とっぱつ》に休むことだってあるかもしんないし」

「仮病《けびょう》を装って仕事をサボるぐらいなら、前もって休暇届《きゅうかとどけ》を出せ」

「仮病なんかしねえってば！」

うっかり言い返したところで、貴志の肩《かた》が可笑《おか》しそうに揺《ゆ》れているのに気づいた。

「おまえはほんとうに気が短いな。反射神経がよくておもしろい。それに、年齢《ねんれい》以上の度胸がある」

「からかってんじゃねー」

雇用主《こよう》と一バイトという立場や、一回りの歳の差を考えても、ため口をきくのはどうかと思ったが、肩肘張《かたひじは》らずに、気取らずに接したほうが貴志も楽しそうだ。

——社長にもなると、周りはいろいろ気を遣《つか》ってこういう言い合いはほとんどないのかもしれないし。

さしずめ、いまの自分は貴志の気晴らしになる、おもちゃのひとつというところか。

それでも、べつに悪くない気分だ。

めったなことじゃ、「社長」と肩書きがつくひとと言葉を交《か》わす機会はないし、気さくに言い合えるアンバランスな感じがやけに新鮮《しんせん》で、尋はもっと深く突っ込んでみることにした。

「社長になると、普通《ふつう》、秘書とか専用の運転手とかつけるじゃん。あんた、そういうのないの」

「ない。ああ、一応、全体のスケジュールを把握《はあく》してくれている秘書はひとりいるが、専用の運転手はいない」

「どうして？　誰かに運転してもらって、うしろの席でふんぞり返ってるのが似合いそうじゃん」

「車を運転しているときだけは、自分ひとりの時間が持てる」

短く言って頬杖《ほおづえ》をつく男の頬を午後の陽射《ひざ》しが縁取《ふちど》り、いつもよりやわらかな表情に見えた。

「これでも結構、忙《いそが》しい身だ。朝から晩まで大勢で会議していることもあれば、接待で潰《つぶ》れる一日もある。そういう毎日を過ごしていると、ときどき、無性《むしょう》にひとりになりたくなる」

「ふぅん……、それで、車の運転が趣味《しゅみ》？」

「まあな。仕事をのぞけば、唯一《ゆいいつ》の趣味かもな。いまのところ、『吉葉』の営業を安定させていくのと同時進行で、さっきのようなカフェやレストランといった新規店舗《てんぽ》の企画《きかく》もいろいろとあるから、社長に就任してから休みはほとんどナシだ」

「スゲエ、仕事バカまっしぐらじゃんよ」

「言ってくれるじゃないか。そのとおりだが」

遠慮《えんりょ》ない言葉に、貴志が声をあげて笑った。その笑い方はいままでに見たなかでもいちばん自然で、尋もつられて笑ってしまった。

徹頭徹尾《てっとうてつび》、仕事に浸《ひた》っている男の下で働くのは、さぞかし大変だろう。一度やると言ったら、どんなことでも貴志はやり遂《と》げそうだ。

いまどきめずらしいタイプになってしまったワンマン社長かもしれないなと、チョコレートムースをぺろりと舐《な》めながら苦笑《くしょう》した。

「貴志さんって、会社じゃめっちゃウザがられる存在だろ。若いくせに社長だし、偉《えら》そうだし、自分からガンガン仕事するし。下で働いてるひとがサボれなくて気の毒だよ」

「俺が社長になってから業績は毎年アップしている。ボーナスも弾《はず》んでいるし、むりな残業もさせない。社員ひとりひとりと話す機会もできるだけ設けている。『吉葉』料亭《りょうてい》のほうでも味の管理は徹底《てってい》しているから、赤坂にある本店の予約は半年先まで埋《う》まっている。おまえへのギャラも破格だろう。なにか文句はあるか？」

「……ねーよ」

それでまた満足そうに笑う男が憎《にく》たらしいかぎりだ。どうにかして、一発へこませてやりたいと思うのは、性格が悪いだろうか。子どもっぽいだろうか。

昨日の一件を持ち出すとまたこっちの分が悪くなるからさておき、貴志という完璧《かんぺき》な男に欠点のひとつぐらいないものかとあれこれ考え込んだ結果、ぼんやりとひとりの男が浮《う》かんだ。

——そういえば、最初の顔合わせのとき、ずいぶん仲が悪そうだったよな。

貴志の弱点をひとつ見つけた気がして、「あのさ」と含《ふく》み笑いをして尋は身を乗り出した。

「副社長の弓彦さんだっけ。あんたとあのひとってさぁ、もしかして犬猿《けんえん》の仲？　最初に会ったとき、かなり険悪な雰囲気《ふんいき》だったよな」

言うなり、貴志の頬から笑《え》みがさっと消えたことで、鼓動《こどう》がはやり出す。

——ヤバイ、ど真ん中いっちまったかも。

「……弓彦と険悪なのは、いまに始まったことじゃない」

貴志が眼鏡《めがね》を押し上げ、薄《うす》く笑う。どう見ても、楽しげとは言い難《がた》い表情に、とっさに「ごめん」と謝ろうとしたが、軽く手を振《ふ》る貴志に遮《さえぎ》られた。

「そのうち、おまえの耳にも入るかもしれないから、先に言っておこう。弓彦と俺は腹違いの兄弟で、あっちが正妻の子だ」

「え、じゃあ、貴志さんは……？」

「俺は、妾《めかけ》の子だ」

淡々《たんたん》とした声にどう返していいかわからず、とまどってしまった。

個人の家庭事情に嬉々《きき》として首を突《つ》っ込むほうではない。第一、自分自身がなにもかにも恵《めぐ》まれた家庭に育ってきたせいで、そうした難しい環境《かんきょう》に生まれ育ったひともいるのだという事実を、現実的に捉《とら》えることがほとんどないのだ。

「……お妾さんの子どもが社長で、正妻の子どもが副社長、ってことか……」

つっかえつっかえ言うと、貴志は青の美しい模様が描《えが》かれたデミタスカップを両手で抱《かか》え込み、曖昧《あいまい》な笑みを浮かべ、「ああ」と頷《うなず》いた。

「それが弓彦にとってはおもしろくない。まあ、当然の話だろう。『吉葉』のように古い歴史のある会社では世襲《せしゅう》制度がごく当たり前だが、庶子《しょし》が嫡子《ちゃくし》よりも上に立つなんてあまり聞いたことがないからな」

「……うん」

「どうして俺が社長になったか、おまえにはわかるか？」

わからない、と言うのは簡単だ。だが、今日立ち寄ったカフェの味と、『吉葉』が受け継《つ》いできた長い歴史には通じるものがある気がする。

それを言葉にすれば、「誠実」の一言だ。

そのことを、「店」という形で具現化させる貴志は、機動力や瞬発力《しゅんぱつりょく》に並んで、粘《ねば》り強さも兼《か》ね備えているのだろう。貴志の手強《てごわ》い印象とは対照的に、柔和《にゅうわ》な笑みを見せていた弓彦になにが足りないのかはわからないが、社長という器《うつわ》ではないのかもしれない。

——でも、よく知らないひとのことを悪く言うのは好きじゃない。

貴志の問いかけを慎重《しんちょう》に受け止め、尋は言葉を探した。どうして彼が社長になったかなんてどうでもいいじゃないかと思う部分もあるが、だからといって、適当な言い逃《のが》れもしたくなかった。

「……やっぱ、才覚、かな。あんた、スゲエ横柄《おうへい》だし、強引《ごういん》だけど……社長をやっていけるだけの力量があるんじゃねえの。社員に慕《した》われてんだろ。『吉葉』本店の予約だって、半年先まで埋まってんのは、……やっぱり、あんたにそれだけのパワーがあるってことだろ」

「そうか」

貴志が瞼《まぶた》を伏《ふ》せて微笑《ほほえ》む。

貴志が社長になれたのは、血筋がどうこうという問題を超《こ》えて、本人の資質によるところが大きいはずだ。

由緒《ゆいしょ》ある料亭の顔となった以上、その肩にのしかかる重責は相当のものだと尋にもなんとなく想像できる。「社長」という言葉だけ見れば、輝《かがや》かしいイメージしか浮かばないが、不祥事《ふしょうじ》が起きればすべての責任をひっかぶる立場だ。

貴志のようなふてぶてしい男が何事かに追い込まれるとはまったく想像できないが、それでも、万が一の事態があったとき、——彼なら絶対に乗り切ってくれるはずだ、と思える。

的確な指示や素早《すばや》い行動で、貴志は、社長にふさわしい力を見せてくれるのだ。

──なに肩入《かたい》れしてんだ、俺は。昨日のことも忘れたわけじゃないだろ。でも、……弱みを握《にぎ》られてるからって、彼を過大評価してるわけじゃない。誰《だれ》よりも遅くまで会社に残って、仕事している姿を俺は知ってる。『吉葉』の味がつねに安定したトップクラスだってことも知ってる。それから、さっきのカフェだっておいしかった。

使い終えたナフキンの端《はし》をねじりながら、いつの間にか胸に根付いていたもどかしい想《おも》いをひねくり回した。

──気になってしょうがない。

そんな想いが、ふと気づいたら胸にあった。

冷徹《れいてつ》で、傲慢《ごうまん》で、物言いも横柄で、昨日の晩などは一方的に感じさせられた立場で、なにをもどかしく思うのか。

自分でも頭がおかしくなったんじゃないかと口汚《くちぎたな》く罵《ののし》りたいが、短時間のうちにめまぐるしく交わした言葉で、貴志からほんとうに目が離《はな》せなくなっている。

焦《じ》れったい衝動《しょうどう》に駆《か》られて、尋は知らずと口を開いていた。

「……なあ、なんでそんなに店の経営が好きなんだよ。なんか理由があるの？」

「大勢のひとが喜んで集まる場所がつくりたい」

即答《そくとう》した貴志が、視界の真ん中で笑っていた。

食事を終え、「家まで送ってやる」という貴志におとなしくついていったのはなぜなのか、尋自身もうまく言い表せなかった。自由が丘のマンションまでひとりで帰ってもよかったのだが、もう少し、貴志のそばにいたかった。

なにを話してくれるのか、聞いていたかったのだ。

『大勢のひとが喜んで集まる場所がつくりたい』という、まこと模範的回答に惚《ほ》れたというつもりはない。断じてないと言いたいが、冷ややかな目をする男でもそういうこころを一欠片《かけら》でも持っているのかと思ったら、――もう少しだけ、と思ってしまう。

惹《ひ》かれ始めていることをはっきりと意識してしまったら、自分でもわけがわからなくなりそうだ。

――昨日、あんなことをされてるのに、惹かれるなんてあり得ねえだろ。普通《ふつう》は避《さ》けて当然だろうが。

「この道を曲がればいいのか」

道順を訊《たず》ねてくる貴志に、尋は頷いた。

「そう。……あ、そこの角のマンションの前でいいよ。そこが俺んち」

「学生にしてはいいマンションだな。家賃は親払《ばら》いか？」

「……まあ、ね、いまんとこは。でも、近いうち自立するし」

自分でも、やけに急《せ》いた口調になっているとわかる。一人前の大人に、まだ親がかりになっていることを堂々と指摘《してき》されたくなかったのだ。

車がマンション前で停《と》まった。さっさと降りればいい。そう思うのだが、降りたくないとも思う。

──もう少しだけ一緒《いっしょ》にいたら、このもやもやした感覚がなんなのか、わかるんだろうか。

「あの、さ」

頭でしっかり考えるよりも先に、口が勝手に動いていた。

「……俺の部屋で、コーヒーでも飲んでく?」

言ったとたん、貴志が首を傾《かし》げる。尋の誘《さそ》いの意味がわからないようだ。

「さっきのレストランでごちそうになったし、家まで送ってもらったから……、その礼だよ。あんたの店で出すのよりはまずいだろうけど」

早口で言うあいだ、貴志は黙《だま》っていた。

唐突《とうとつ》に誘ったのは、やはり変だっただろうか。部屋でコーヒーでも、なんて女の子を誘うときにも使わない古くさい文句だ。

──忙《いそが》しいから、会社に戻《もど》るって言うだろうな。

だが、貴志は無表情のまま聞いてきた。

「パーキングはこのへんにあるか」

「あ、――うん、ある、すぐ、すぐそこ、曲がったとこに……」

近所のパーキングへと車を停めた貴志と肩《かた》を並べ、ぎくしゃくした感じでマンションへと戻った。じわじわとした汗《あせ》が手のひらに浮《う》かんでいるのに気づいて、ぎゅっと握った。

どうして、彼を部屋に誘ったのだろう。自分でしたことなのに、自分がいちばん慌《あわ》てている。

――メシ、奢《おご》ってもらったし、コーヒーを出すだけだ。それだけだ。

エレベーターの中でも、心臓がとくとく響《ひび》く音が貴志にまで届いてしまいそうだ。

「ここ、俺の部屋」

七階にある角部屋に貴志を迎《むか》え入れた。

ゆったりしたリビングの窓の外には綺麗《きれい》な夕焼けが広がっていた。

「そこのソファにでも座ってて。いま、コーヒー淹《い》れる」

「俺の店よりまずいのは確実なんだな？」

「うるせーよ」

からかい声をぴしゃりと撥《は》ね返した。

リビング続きのキッチンでお湯を沸《わ》かすあいだ、ソファでくつろぐ貴志の様子をそうっと窺《うかが》った。

ネクタイの結び目を軽くゆるめている貴志が驚《おどろ》くほど、とびきりうまいコーヒーを淹れてやりたいが、あいにく、インスタントしかない。

それでも、丁寧《ていねい》に粉をスプーンで押し潰《つぶ》し、熱い湯を何度かに分けてそそぐと、コクと風味が増すのだ。

「はい、どーぞ」

トレイに載《の》せたカップを彼の前に置き、できるだけぶっきらぼうに言った。

部屋に誘い入れた理由が、自分でもわからない。貴志にも悟《さと》られたくない。

ぐらぐら揺《ゆ》れるこころを知ってか知らずか、貴志は平然とした顔でカップを手にした。

「ありがとう。……うん、インスタントにしては結構旨《うま》い」

初めて聞いた感謝の言葉に、一瞬《いっしゅん》耳を疑ってしまった。

それが顔にも出たのだろう。コーヒーを旨そうに飲む貴志が、目の端《はし》で笑う。

「俺が礼を言うのはおかしいか?」

「おかしいよ。いっつも偉《えら》そうなくせして」

「俺だってたまには礼ぐらい言う」

「その、『たまに』って十年にいっぺんぐらいだろ、あんたの場合」

うわずった声で憎《にく》まれ口をたたくが、意識は揺れるばかりだ。

——どうして、こいつを部屋に入れたんだろう。どうして、もっと一緒にいたいなんて変なことを思ったんだろう。

女友だちだってめったに入れたことがない自分の部屋に、貴志がいることがいまだどこか夢みたいだ。

顔を合わせた当初はむかつく男だとしか思っていなかったのに、昨日と今日のことで貴志に対する想いそのものが変わってしまった気がする。

気を落ち着けるために貴志から少し離れた場所に腰《こし》を下ろし、熱いカップに手を伸《の》ばした。ふわふわと立ち上る白い湯気を吸い込み、一口飲んだ。今日のインスタント・コーヒーは格別に旨いと悦《えつ》に入ったら、さすがに舞《ま》い上がりすぎだろうか。

誰かのために頭を下げたことがなければ、誰かのためにおいしいコーヒーを淹れようと思ったことも、いままでに一度もない気がする。

——どうして、こんなヤツのためにいちいち気分を上げたり下げたりしなきゃいけないんだ。分の悪い駆け引きをしないって、さっき自分自身に言い聞かせたばかりじゃないか。

それでも、すぐそばに貴志がいることにそそられてしまう。手を伸ばせば届く距離《きより》に、彼はいる。

——ふたりきりだ。

そう考えただけで胸が高鳴るのを、勘《かん》づかれたくない。

貴志のほうも、この静かな時間をそれなりに楽しんでいるようだ。

「……それにしても、おまえは俺が思っていた以上に肝《きも》が据《す》わっているようだな」

ぽんぽんと頭を叩《たた》かれ、「俺はぬいぐるみかよ」とむっとしかけたが、見上げた男の顔は微笑《ほほえ》んでいる。

「おまえはまだ若くてバカだが、本気で頭が悪いわけじゃない。大学を卒業して、いつまでもふらふらしているつもりじゃないだろう。なにかやりたいことはないのか？」

「やりたいことって、……そんなの急に言われても。こんなところで進路相談かよ」

ぼそりと呟《つぶや》き、ゆらゆらしている焦《こ》げ茶のカップの中をのぞき込んだ。そこにうっすら映るのは、悩《なや》みひとつなく、気楽と自堕落《じだらく》の合間を行ったり来たりしている自分の顔だ。

家族にも、「就職に焦《あせ》ることはないから」と言われ続けてきたせいか、自分でもいつしか、――ずっとこんな日が続いていくんだろうな、と思い込むようになっていた。

だから、つまらないのだ。

来る日も来る日もみな同じように感じられて新鮮《しんせん》じゃないから、次々とバイトを変え、なにか楽しいことは転がっていないだろうかとひたすら飢《う》えている。

「……やるんだったら、なんか、スッゲーおもしろいこと、やりたい、かな」

首を傾げた尋に、貴志が吹《ふ》き出した。

「スッゲーおもしろいこと、か。ずいぶん大胆《だいたん》でまるっきり中身のない発言だ」

くくっと貴志は声を立てて笑うが、悪意は感じられない。

「でも、そういう感覚は大事だ。食っていくためだけにがむしゃらに仕事をしなきゃいけないときもあるが、それだけじゃ苦痛だろう。おもしろいとか、楽しいという感情が根底にないと、どんな仕事も続かない」

「……じゃ、あんたはいまの社長業、おもしろくてやってるわけ？」

「当然だ」

長い脚《あし》を組み替《か》える男の堂々とした態度は、一瞬見惚《いっしゅんみと》れてしまうほどのものだ。

「自分の舵取《かじと》りひとつで、『吉葉』のように古い歴史を持った会社が大きく動く楽しさもあるが、大勢の人間でひとつの物事を創《つく》り上げて、次の時代へと繋《つな》げていくおもしろさもある」

そう言って、貴志は悪戯《いたずら》っぽく尋の頭をこつんと小突《こづ》いてきた。

「おまえぐらい度胸があって、最新の流行もよくわかっているなら、ある日いきなり会社を興《おこ》せそうだな。若者向けのエンターテインメント系の事業をやれそうじゃないか」

「へー、貴志さんにしちゃ買ってくれるじゃん。俺がいきなり社長？　なんかそーゆーのって、考えるだけで面倒《めんどう》。絶対ヤダね」

反論しながらも、——案外、そういうのもいいかもな、と思っている自分がいるのが可笑《おか》しかった。

帰国子女の岸田をはじめ、周囲にいる友人たちはみんな、遊びのプロと言ってもいい。誰かにこき使われるよりは、遊びの才能をうまいこと活《い》かしていっそ会社を興すか、と冗談《じょうだん》混じりに笑い合ったことがあった。

「俺のダチに岸田ってヤツがいるんだけど。そいつ、両親が貿易業をやってることもあって、海外のハヤリものにはかなり鼻がきくんだ。日本じゃあまり目にしないおもしろいモノを見つけてきて売り出すのもいいかなって、前に話したことがある。あと、携帯電話《けいたいでんわ》を使った企画《きかく》とか……なんつっても、ぜーんぜん冗談の域を出ねえけど」

「冗談でも、時間をかけて煮詰《につ》めていけば本物になるときが来るだろ」

真摯《しんし》なものを滲《にじ》ませた声が、思いがけず胸を大きく揺さぶり、尋をまどわせた。

貴志がどんな思いを経《へ》て、社長という地位に辿《たど》り着いたか知るよしもないが、いまの言葉にこもる逞《たくま》しさを聞けただけでも、彼にもっと近づきたくなる気持ちが増していく。

――こんな大人、俺の周りにはいない。

みずから険しい道を切り拓《ひら》き、仕事を楽しむ余裕《よゆう》を持つ貴志に、心底惹《ひ》かれていると認めたのは、この瞬間かもしれない。

憧憬《しょうけい》を抱《いだ》くにふさわしい男を、じっと見つめた。

冷静に振《ふ》り返れば、貴志に強引《ごういん》に抱かれて脅《おど》されている事実はまだ消えていないのだが、それを受け止めてもなお、そばにいたいと思う。

――このひとのそばにいれば、なにかが変わるかもしれない。色褪《いろあ》せたように感じていた毎日が、もっとおもしろくなるかもしれない。もっともっと、楽しいものになるかもしれない。

俺自身が、変われるかもしれない。

空になったカップをカタン、とテーブルに戻《もど》したのと同時に、ぐっと手首を摑《つか》まれ、その力強さに目を見開いた。

「どうして今日、俺を部屋に入れた？」

「どうして、って……」

舌がもつれてうまく喋《しゃべ》れないのをいいことに、貴志にいきなりソファに引き上げられ、覆《おお》い被《かぶ》さられた。仕事の話から一転、危《あや》ういほどに顔を近づけ、熱っぽい吐息《といき》を引き出すのが、貴志一流のやり方らしい。

それから、尋の感じる場所を的確に狙《ねら》い——ちりちりと熱を帯びていく耳たぶを甘く嚙《か》みながら、貴志が囁《ささや》いてくる。

「俺に惚《ほ》れたか。それとも、昨日の続きでもしてほしいのか」

「んな——、……そんなわけねえだろ！」

「ごまかすな。アレの続きをしてほしいんだろう」

一層強く抱きすくめられ、威力《いりょく》のあるまなざしを眼鏡越《めがねご》しに見た。切れ長の目で見られているだけで、犯《おか》されそうな気分になってくる。薄《うす》いシャツを剝《は》がし、熱っぽい肌《はだ》を灼《や》いていくだけの力が、貴志の視線にはほんとうにあるのだ。

「食事を奢《おご》ってもらったり送ってもらったりするだけで、おまえは誰でも部屋に迎《むか》え入れるのか。ここを——こんなふうに硬《かた》くさせるのか？」

「……ァ……っ！」

悲鳴じみた声が漏《も》れたのは、シャツ越しに胸の尖《とが》りをきつくひねられたせいだ。戒《いまし》めるみたいに乳首《ちくび》を強くねじ切る指の動きに、全身をよじらせた。

「ん……っ」

「男に慣れてない身体《からだ》だな。乳首を弄《いじ》られただけでそんなによがるのか」

忍《しの》び笑いをなじろうとしたが、初めて得る感覚はどうしようもなく熱く、潤《うる》んでいる。シャツ越しに丁寧《ていねい》に擦《こす》ってくる貴志の長い指先で、乳首をよじられ、こりこりとした芯《しん》を孕《はら》ませられた。

「……ッぁ……、ん……っ」

「昨日の続きをしてほしいんだろう？」

乳首を浮《う》き立たせるように円を描《えが》くような愛撫《あいぶ》に肌がざわめき、気が狂《くる》いそうだ。

ついさっき、憧《あこが》れを抱く対象として胸に刻んだが、やっぱり貴志というのは危険極《きわ》まりない男だ。一瞬《いっしゅん》の隙《すき》を見逃《みのが》さず、鋭《するど》く食い込んでくることに、尋はかすかな喘《あえ》ぎを漏らした。

ボタンの隙間から入り込んでくる指が湿《しめ》る素《す》肌《はだ》に触《ふ》れ、敏感《びんかん》な乳首の先端《せんたん》をかりっと引っかいて出ていく。

それから、またシャツ越しに乳暈《にゅううん》をゆっくりと撫《な》で回す貴志の目の奥に、思わずぞくっとするような濃厚《のうこう》な支配力を見つけ、尋をいいように振り回す。

「いやらしいことをしてほしいなら、そう言え」

「……く……っ」

全身でのしかかられ、声を出すのもつらい。

もっとつらいのは、貴志が淫猥《いんわい》に腰《こし》を押しつけてくることで、硬い盛り上がりを感じさせられることだ。

「おまえが部屋に誘《さそ》ったんだろう。昨日の続きがしたいんだろう?」

「し、——……した、い……」

額に汗《あせ》を滲ませ、尋はうわごとのように呟いた。

——貴志を好きになったのかもしれない。いまここで、昨日以上のことをされたら、ほんとうに後に退けなくなる。惹かれてどうしようもなくなる。

低い声で追い詰《つ》められ、昨晩からずっとヒートしていた神経がついに焼き切れた。

逞しい胸に押され、せつなげに喘いでいる自分が他人のように思えた。昨日の熱が忘れられない身体は感じすぎて、制御《せいぎょ》がきかなくなっている。

「どうしてほしい」

「わかん、な……っ、……男と、したこと、ないから……」

「じゃあ、言い方を変えよう。どこをどう触《さわ》ったら気持ちいいんだ?」

「……あ——ぁ……っ!」

シャツを剝がされ、乳首の根元をつままれて語尾《ごび》が跳《は》ね飛んだ。

「……い……っ、た、……っそれ、いやだ、痛い……っ」

涙《なみだ》混じりに反論したのに、熱い芯を孕んだ乳首を指の腹で擦り立てる貴志は、執拗《しつよう》にそこを責めてきた。

乳首の先端が痛いほどにぷくりと赤くふくらみ、熟《う》れきった実のようになったところで、貴志は意地の悪い笑《え》みを浮かべながら、ぺろっと舐《な》めてきた。

「あ——あぁっ……！」

それこそ、いままでに一度も感じたことのない快感に声が止まらなくなってしまう。

ねちっこい舌遣《したづか》いをしてくる男は尋の乳首を嚙み回し、舐《ねぶ》り、舌先でつつきながら、空いた手でジーンズのジッパーを下ろしていく。

「男に乳首を舐められるのは初めてか」

「あ、……ん、……ん……っ」

「性器を触らせたことは？」

「……な、い、……っ」

眩暈《めまい》がするほど頭を強く振って否定した。まだ陽《ひ》が落ちきらない部屋の中で、バイト先の社長に組み敷《し》かれている。そうするように仕向けたのは、自分だ。

自分が誘ったことで、貴志は昨日の続きを始めようとしているのだ。

「好奇心《こうき》だけで男に抱かれるのか？」

抱き起こされて、向かい合わせになった。シャツの前が半端《はんぱ》にはだけ、貴志の唾液《だえき》で濡《ぬ》れた乳首が自分の目で見ても淫《みだ》らだ。

下着の縁《ふち》を引っ張られ、充血《じゅうけつ》しきった性器がぐんと反り返る。

「若いな。少し弄ってやっただけで、おまえのここはぬるぬるだ」

「言うなよ……っ」

「事実だろう？　……おまえの身体は昨日の俺を覚えてる。続きがしたくてしたくてたまらなかったんだろう」

「あっ……、ん、っんん……っ」

勃《た》ちきった性器をにちゃりと握《にぎ》られ、リズミカルに扱《しご》かれたことで声が掠《かす》れた。思わず腰を揺《ゆ》らすと貴志の指がくさむらをかき分け、しこる陰嚢《いんのう》を揉《も》み込んでくる。

「ッう……はっ……」

あまりの快感に我を忘れ、無防備な胸をさらしてのけぞると、それを待っていたかのように貴志の舌が這《は》いずり回る。

跡《あと》が残るぐらいきつく根元を噛まれたあと、そうっとやさしく乳首の先端を吸われる。

それだけでもう、くちゅりとしずくがペニスからあふれ出し、下着を濡らしていく。

「雇用主《こよう》の俺にこれ以上淫らな行為《こうい》をさせるつもりか」

ふいに愛撫を止《や》めてしまった貴志に、尋は無我夢中でしがみついた。

「……やめ、んなよ、バカ……！」

「もっと続きがしたいということか？　もっといやらしくしてほしいのか？」

「……っぅ、……ぁ……」

「聞こえない。ちゃんと言え」

顎《あご》を強く摑まれ、否応《いやおう》なしに視線を交《か》わした。冷徹《れいてつ》な男の笑い方に胸がこれ以上ないぐらい昂《たか》ぶり、自分でも思ってもみない言葉が次々に口を衝《つ》いて出そうだ。

──昨日見たDVDみたいにもっといやらしいことがしてみたい。普通《ふつう》のセックスなら散々味わった。でも、貴志なら、あのDVDより凄《すご》いことをやってのける気がする。

自分と同じ男にうしろから犯されたらどうなのだろう、と想像したことがほんとうになる瞬《しゅん》間《かん》だ。

「したい、……やらしいこと、たくさん、……して、みたい……」

「たくさん、か？」

凶悪《きょうあく》という言葉がふさわしい微笑《ほほえ》みに、尋はがくがくと頷《うなず》くしかなかった。

続きの幕を上げたのは自分だが、この快感を植え付けてきたのは彼のほうだ。

手で嬲《なぶ》られるだけで終わりじゃない気がする。もっと深くて熱い官能を貴志は知っていて、経験値の足りない尋の目先でその切れ端《はし》をちらつかせるのだ。

乳首を舐ったり、ペニスを撫で回したりすることで尋を煽《あお》り、悶《もだ》えさせたあげくに、唾液で濡らした指を尻《しり》の狭間《はざま》にもぐり込ませてくる。

窮屈《きゅうくつ》な窄《すぼ》まりを探《さぐ》る指に全身が強張《こわば》った。

昨日のDVDでも、屈強《くっきょう》な男がここを犯《おか》していた。

そのシーンに興奮し、自分のものをまさぐっていたときに貴志が踏《ふ》み込んできたのだ。

「……ッ……！」

「いやらしいことをたくさん教えてやる。——いいか、おまえはこれから俺に抱《だ》かれるんだ」

鼻先で囁《ささや》かれたとたん、抱き上げられた。

「寝室《しんしつ》はどこだ」と言う男にとぎれとぎれに伝えると、頑強《がんきょう》な筋肉を忍ばせた男が歩き出す。

尋はなにも考えられず、彼の首にしがみつくだけだった。

薄暗《うすぐら》い寝室のベッドに放り投げられ、すぐに黒い影《かげ》が覆《おお》い被《かぶ》さってきた。

「これから、俺がおまえの奥まで挿《はい》ってやる。徹底《てってい》的に犯してやる。ひとつ聞いておくが、やさしくされたいか？」

首を縦に振《ふ》ったか、横に振ったか、自分でもわからなかった。

乱暴に衣服を剝《は》ぎ取られ、彼のほうもネクタイをむしり取るのが薄闇《うすやみ》に見え、心臓がどくどく鳴る音が部屋中に響《ひび》いているように思えた。

スーツを脱《ぬ》ぐと引き締《し》まった貴志の身体《からだ》があらわになり、泣きたいわけじゃないのに目元が熱く潤《うる》んでくる。

　みずから交わりたいと願ったことはこれが初めてだ。男相手に情欲することも。

尋の髪《かみ》を摑《つか》んでくちびるを重ねてくる貴志は濃密《のうみつ》なくちづけで、唾液をとろりと伝わせてくる。喉《のど》を鳴らしてそれを飲み、まだうずうずする舌を互《たが》いに搦《から》め、吸った。

「足を拡《ひろ》げてみろ、……そうだ、力を抜《ぬ》け」

「……っん……！」

　きつく締まる窄まりに、ぬるっと指が一本挿ってくる。その異物感に顔を歪《ゆが》め、無意識に身をよじったが、指はますます奥へともぐり込んでくる。

「これよりもっと大きなものをおまえは受け入れるんだ。……俺に触ってみろ」

　あやすような、命令するような、どっちともつかない声で囁く貴志のものをじかに握らされ、尋は、はっ、はっ、と息を切らすことで応《こた》えた。

　自分のものよりずっと大きくて、硬《かた》い。太さもあるし、エラも張り出している。こんなものを挿れられたら、壊《こわ》れてしまうかもしれない。

　しだいに内側を拡げていく指が二本、三本と増え、ぎちぎちと動かされる痛みや違和《いわ》感《かん》に呻《うめ》いたが、吐息《といき》という吐息はすべて貴志のキスに飲み込まれてしまう。

　舌先をくねらせ、深くまで搦め捕《と》る深いくちづけに頭が痺《しび》れ、とろんとした目つきで尋は男の顔を見上げた。ふと思いついて、眼鏡《めがね》をはずしてやると、貴志がくすりと笑う。

「おまえみたいな感度のいい男はそういない」

尻の狭間に強大なものがあてがわれ、ずくりと割り込んでくる熱の塊《かたまり》に尋は身体をのけぞらせた。

「あ、──あっ、あぁっ……」

太く反り返った肉棒を少しずつ、みちみちとねじ込んでくる貴志の息遣《いきづか》いも浅くなっていた。狭《せま》く締めてしまう尋の熱い感触《かんしょく》を愉《たの》しみ、獲物《えもの》を頭から引き裂《さ》き、食《く》らい尽《つ》くす獣《けもの》の目に射すくめられ、身動きすらできなかった。

「ん……っこれ、以上……動かない、で……ってば……っ……！」

「むりだ」

硬い男根を根元まで埋《う》め込まれるのに、かなりの時間を要した。

知らずと涙があふれ、ひとつ間違《まちが》えば激痛に泣きじゃくりそうなのに、そうできないのは、貴志が乳首《ちくび》をやさしくこね回してきたり、吸ってきたりして、快感と痛みを器用に使い分けるせいだ。

胸を弄《いじ》られて、ひくひくと身体の最奥《さいおう》まで震《ふる》えるのが自分でもわかる。尖《とが》りを舐められると同時に窄まりを犯されるという、男の自分にとって経験したことのない感覚が理性を片端《かたはし》から荒《あら》っぽく削《けず》り落としていく。

「……そろそろいいか」

ひとつ息を吐《は》いた貴志がずるっと引き抜き、再度奥まで突《つ》いてきた。そうすると、限界まで熟した襞《ひだ》が一気に潤んで肉棒にまといつき、男に貫《つらぬ》かれる浅ましい悦《よろこ》びが神経を侵《おか》していく。

「あっ、……あぁ、あっ」

最初の交わりだからか、それともわざとなのか、貴志の動きは緩慢《かんまん》としたものだ。DVDよりももっと激しく抱かれると期待していたのに、焦《じ》れったい快感だけを最奥に孕《はら》ませるだけの男に、自分から腰《こし》を押しつけてしまいそうだ。

「これで満足か？」

「や、――ちが、……っもっと、……っ」

「これじゃ足りないのか。どうしようもない淫乱《いんらん》なのか、おまえは？」

笑い声にぞくぞくするような快感が背筋を駆《か》け上がってくる。

いままで、誰《だれ》としても、なにをしても、それなりの絶頂感しか得られなかった。だが、「淫乱」と嘲《あざけ》られたことはない。暴言に本気で怒《おこ》ってもいいはずなのに、年上の男の声はどうかすると甘く艶《なま》めいて聞こえ、ぐずぐずととけてしまいたくなる。

もっと、奔放《ほんぽう》に求めてもいいのかもしれない。もっと貴志をねだっていいのかもしれない。きっかけは激しいポルノDVDだったけれど、いまじゃほんとうに貴志に貪欲《どんよく》にむさぼられたくてたまらなかった。

ぼうっとする意識で貴志の胸に両手をあて、「……もっと」と声を掠《かす》れさせた。

「もっと、してよ……このままじゃ、やだ……、っもっと、俺、したことない、こと、たくさんしたいんだよ、……おかしくなりたい……」

「本気か？」

尋の腰を持ち上げ、陰嚢《いんのう》が擦《す》れ合うほどに奥まで突いてくる貴志が口の端《はし》をつりあげる。

「昨日の、あんな……DVDなんかより、……もっと凄いやつ、して……っぁ、あっ！」

太い腕《うで》で身体がくるっとひっくり返されたと思ったら、四つん這《ば》いの姿勢で思いきりうしろから貫かれて声が飛んだ。

「あぁ、ッ、んっあ、ぁっ！」

脈打つ肉棒でずちゅずちゅと貫かれ、息することもままならない。枕《まくら》をぎっちりと摑んで腰をひねるたびに、上向きの大きな亀頭《きとう》が微妙《びみょう》なところを擦《こす》ってきてたまらなく感じてしまう。張り出したエラでそこをぬちゅぬちゅと擦られると、はちきれんばかりのペニスがびくっと震え、いまにも射精してしまいそうだ。

だが、すぐに根元を摑まれ、「まだイくな」と耳元で囁かれた。

「俺がおまえの中にたっぷり出してやるときに、一緒《いっしょ》にイくんだ」

「……っぁあ、っ！」

中に出す、という言葉に背中がたわむほど感じた。交わった最後はどうなるのだろうとおぼろげに想像していたが、外に出すんじゃないかと思っていたのだ。だが、中出しするという。

男の生々しい精液で内側までしとどに濡《ぬ》らされる瞬間《しゅんかん》を思うと、早くもぽたぽたとしずくが滲《にじ》み出してシーツを汚《よご》してしまう。

「犬みたいな格好で犯されるのが好きか?」

「ん……っん、あっ……」

無様な格好で背後から受け入れることに羞恥心《しゅうちしん》がこみ上げるが、それを圧するほどの快感が尋を恍惚《こうこつ》とさせる。常識を失わせてしまうのだ。

「あ、——っ、……貴志、さん、お願い、だから……っも、いやだ……!」

「イきたいか? 中に出してほしいか?」

いちいち確かめるのが貴志の癖《くせ》らしい。そのたび動きを止められてしまうのでは、本気でおかしくなる。喘《あえ》ぎ、しゃくり上《く》げ、シーツをかきむしって尋はぎこちなく腰を振った。

淫《みだ》らな言葉を言わされるのが悔《くや》しい反面、自分の中でずっと眠《ねむ》っていた奔放な欲情を引き起こした貴志を、このままずっと繋《つな》ぎ止めておきたくなる。

「……っイ、きたい……」

涙《なみだ》混じりに言えば言うほど、貴志のものがぐんと嵩《かさ》を増し、狂《くる》おしいまでの重量感で尋の奥を穿《うが》ち、ずっぷりと突き刺《さ》してくる。

「イかせて……中、俺の中に、いっぱい、出して……っ」

ぐしゃぐしゃになったシーツを掴んで身体を震わせた。貴志の抜き挿《さ》しも激しくなり、一気に熱くじくじくと濡れた粘膜《ねんまく》を擦り上げる。

入り口から奥までみっちりとはめ込まれた充足感《じゅうそく》に、尋が声を嗄《か》らして精液を吹《ふ》きこぼし、ややあってから貴志も長い息を吐きながら、巨根《きょこん》を深々とはめ込んだまま、熱いしぶきを潤んだ最奥にどくどくとそそぎ込み始めた。

一回り上の男にしては大量のねっとりした白濁《はくだく》を流し込まれ、受け止めきれない尻《しり》の狭間《はざま》から太腿《ふともも》をつうっと伝い落ちていく。

荒々《あらあら》しい射精が終わっても、まだ息が整わない。

——俺、ほんとうに、変わるかもしれない……ほんとうに、身体も、こころも、なにもかも。貴志さんに変えられてしまう気がする。このひとのことがもっと知りたい。もっと抱《だ》かれたい。もっといろんな顔が見てみたい。

一歩踏《ふ》み出した世界は熱くぬかるんだ闇《やみ》に蕩《とろ》け、その先にはさらなる深みと広がりが待っていそうな気がした。


一度肌《はだ》を重ねたことで、貴志の存在は尋の意識の中心に居座るようになってしまった。

夜勤警備のバイトに出れば、一日に一度はかならず、貴志と顔を合わせる。

もちろん、相手は『吉葉』のトップだから、暇《ひま》そうにしていることはまずない。

社内巡回《じゅんかい》で尋が社長室を訪ねるときも、たいていは各店舗《てんぽ》の運営状況《じょうきょう》や旬《しゅん》の食材のチェックに専念している。

このあいだ、尋が友人の岸田と待ち合わせに使ったカフェも順調なすべり出しを見せているようで、早くも二号店のオープンを考えているらしい。

そうしたことを、夜間の巡回中に社長室に寄った際、貴志はぽつぽつと話してくれるようになった。

「気軽に入ることができて、また来たいと思ってもらえるような店にしたいんだ。『吉葉』はすでに名声があるだろう。ある程度は、黙《だま》っててもお客様にいらしていただけるが、俺としてはほかの可能性も探してみたい。おまえ、あのカフェが気に入っただろう？　もし、二店舗目ができるとしたら、どのあたりに出してほしい？」

「んー、最初の店が青山の裏道だしなぁ。あそこ、ちょっと見つけにくい場所だけど、それが隠《かく》れ家《が》っぽくっていいんじゃねえの。だから、二号店もやっぱ、おしゃれな場所がいいと思う。代官山《だいかんやま》とか、三軒茶屋《さんげんぢゃや》や池尻大橋《いけじりおおはし》のあたりとか」

「代官山か。あのへんはほとんどの土地が埋まってる。ビルの一階部分に店を出したいんだ。三軒茶屋か池尻大橋だったら、もう少し物件があるかもしれないが」

「池尻大橋はわりといいと思うけど。あそこって渋谷《しぶや》から結構近いけど、そんなにうるさくないし、大人な店、多いし」

「そうだな……」

考え込む顔をする貴志のそばで、尋は妙《みょう》にそわそわしていた。

自分の部屋に招き入れた日から、もう二週間以上が経《た》っている。

あの一件を経て、貴志の態度は少しだけ変わったような気がする。社長室を訪ねても、以前のように刺々《とげとげ》しい態度を取られることはなく、今夜のようにふとしたことで話しかけてくれることもある。

そんなことにいちいち胸を躍《おど》らせる自分が気持ち悪いとうんざりする一瞬《いっしゅん》もあるのだが、些《さ》細《さい》なことでも力になれるのはやっぱり嬉《うれ》しいし、あの日の熱がどうしても忘れられない自分がいるのも、また事実だ。

あの日の貴志は、たまたま時間に余裕《よゆう》があったのだろう。

だから、尋の淫らな願いにも応《こた》えてくれたのだろうが、普段《ふだん》は分刻みのスケジュールに追われる社長という立場だ。三十四歳の若さで、由緒正《ゆいしょただ》しい料亭《りょうてい》を引き継《つ》いだうえに、新しいビジネスプランにも貪欲に取り組む男の隙《すき》を探そうとしても、なかなか難しい。

「また、この件か……」

メールをチェックしていた貴志の眉間《みけん》の皺《しわ》が寄る。

午前一時の巡回で社長室を訪《おとず》れていた尋は、「なに、どしたの」とさりげない感じで貴志のそばに寄った。

「最近、福岡にある『吉葉』で板前や仲居の入れ替《か》えが激しいんだ。もともと、板前や仲居はあちこちの店を渡《わた》り歩いて腕を磨《みが》くものだが、福岡店ではこの三か月で板前がふたり、仲居が三人入れ替わってる」

「結構、ペース早いかもね」

「ああ。それに、この問題は福岡だけじゃないんだ。京都店でも同じようなケースが起きていると報告が届いている」

「なんか、内部争いでもあるんじゃねえの？　職場イジメとかさ」

「そういうことが起きないよう、各店の店長には日々、従業員の対応を細かにチェックさせているんだが……もっと、根深いところに問題があるのかもしれんな。福岡と京都の『吉葉』はとくに人気が高いんだ。お客様の信用を失わないうちに、問題を解決させないと……」

最後のほうは独り言のようになっている貴志に、――これ以上邪魔《じゃま》しても悪いか、と考えた尋は、「お疲《つか》れさま。あんま、根をつめないで」と言って社長室を辞去しようとしたが、貴志も席を立つ。

「社内の見回りにつき合ってやる」

「いいって、べつに。そんなことする時間あるなら家に帰りなよ。最近、疲れた顔してること多いじゃん」

突然《とつぜん》の申し出にびっくりしていると、貴志は長身を折り曲げて尋の顔をのぞき込み、余裕たっぷりに笑いかけてくる。

「そんなにいつも気に懸《か》けてくれているのか？　光栄なことだ」

「……なんでもかんでも自分のいいように取るんじゃねーよ」

むっとしながら、可笑《おか》しそうに笑う男とともに歩き出した。

懐中電灯《かいちゅう》の丸い輪の中に、ふたりぶんのひょろ長い影《かげ》が映り込む。

午前一時過ぎの社内は無人で、廊下《ろうか》を歩く靴音《くつおと》がやけに響《ひび》く。

「最初の頃《ころ》さ、ここに幽霊《ゆうれい》が出るんだって小杉さんに脅《おど》かされた」

「幽霊？」

「この土地の前の持ち主が、めっちゃえげつない金貸しだったんだって？　お客さんとよく揉《も》めてたって、小杉さんが聞いたことあるってさ。あと、『吉葉』の……」

言いかけて、はっと口を閉《と》ざした。

『『吉葉』のおふたりさんのおっかさんが早々にぽっくり逝《い》っちまって、いまでも息子《むすこ》のことが心配で化けて出るとか……』

小杉はそう言っていたが、貴志と弓彦が異母兄弟だということまでは知らないのかもしれない。知っていたらもっと気を遣《つか》い、この噂《うわさ》自体、尋の耳に入れなかったはずだ。

「『吉葉』がどうした」

「いや、……うん、ほら、歴史ある料亭じゃん。だから、従業員の中にはイジメに遭《あ》った奴《やつ》もいたりして、それを苦に自殺して幽霊になって出てくるとか……なんか、よくある話に尾《お》ひれがついて出回っただけじゃねえの？」

「なるほどな」

尋の苦しまぎれをどう受け取ったのかわからないが、隣《となり》を歩く貴志はとくに気を悪くしたようではない。

「百年以上も続いている家業なんだから、幽霊のひとりやふたりぐらい出てもおかしくないだろう」

「貴志さん、そういうの信じるほう？」

「幽霊の存在か？　信じるわけがない」

きっぱりした語調で言い切った男に、「そうだよな」と笑ったのもつかの間、貴志がため息をつくものだから、のろのろしていた足取りがそこでぴたりと止まった。

「どうしたんだよ」

「いや、もし幽霊が出るとしたら、……俺の母かもしれないなと思った」

「貴志さんの？」

驚《おどろ》いた声に、懐中電灯の灯《あか》りの輪っかに浮《う》かぶ影がこくりと傾《かし》ぐ。

「もともと身体《からだ》が弱くて、俺が中学生になったばかりの頃に肺炎《はいえん》であっけなく亡《な》くなったんだ。

その後、俺は本家に引き取られたんだが、親父《おやじ》の正妻というのがこれまた気が強いひとで、最後まで俺の母を激しく嫌《きら》っていた。親父が会長になって表舞台《おもてぶたい》から下がったあと、社長になったのが嫡子《ちゃくし》の弓彦じゃなく、俺になったことも強く憎《にく》んでいる。いまでも、俺は『血筋が悪い』という正妻の言葉で、吉葉本家の表玄関《おもてげんかん》から入ることは許されていない」

「そんな……」

「この会社に幽霊が出るとしたら、息を引き取る間際《まぎわ》まで俺の行く末を心配していた母かもしれないな。俺は幼い頃から自分の立場ってものをだいたいわかっていたから、べつに気にしちゃいなかったんだが、母のほうは……まあ、いろいろとつらい思いをしたようだから」

苦笑《くしよう》とともに告げられた事実の重みに、言葉を失ってしまった。

一歩外に出れば『吉葉』の顔として広く知られる貴志に、仄暗《ほのぐら》い影がつきまとっていることを知り、なにをどう言えばいいかわからない。

貴志には『吉葉』を引っ張っていくだけの力量があると誰《だれ》もが認めているのに、いまだ本家の表玄関から入ることを許さない弓彦たちの卑小《ひしよう》さに嫌《いや》な気持ちがした。

彼には、家族がいない。守ってくれるべき味方がいない。影のように育たなければならない環境《かんきよう》だったからこそ、こんなにも強靭《きようじん》な精神を持った大人になったのか。

いや、むりやりにでも強い大人にならざるを得なかったのかもしれない。

――俺みたいに、甘やかしてくれるひとがたくさんいるわけじゃなかったんだ。たぶん、なんでもひとりでやり抜《ぬ》かなきゃいけなかったんだ。

これまでに何度も、多くのひとに、「尋はホント、ぼんぼん育ちだから」と言われてきたが、いまほど歯がゆい思いをしたことはない。

貴志のように外側も内側もしっかりした大人の男の隣に並ぶには、あまりに幼すぎる自分に引け目を感じてしまう。

本来なら、気さくに言葉を交《か》わすのはもってのほか、放埓《ほうらつ》な熱を分け与《あた》える仲になることすらおかしい。

——俺が違法《いほう》モノのＤＶＤを職場に持ち込んでいなかったら、こんなふうに親しく喋《しゃべ》るようになっていなかったはずだ。

矛盾《むじゅん》したふたつの考えが交錯《こうさく》し、尋の口を閉じさせてしまう。

貴志にしてみれば、自分という存在はほんの暇潰《ひまつぶ》し、からかい甲斐《がい》のあるおもちゃみたいなものだろう。

生《お》い立ちはどうあれ、自分というものをしっかり持っている貴志には、もっとふさわしい人物がいるはずだ。

性格も、容姿も、社会的立場にしても、『吉葉』というブランドを背負って立つ貴志に劣《おと》らない、すぐれた人物をうっすらと思い浮かべるうちに、知らず知らずとうつむいていたらしい。

「どうした、黙《だま》り込んで」

「……なんでもない」

「なんでもないことはないだろう。幽霊の話に怖《お》じ気づいたか?」

「そんなんじゃないって」

「じゃあ、どうして黙るんだ」

貴志にしてはめずらしく食い下がってくるが、尋はあえて知らぬ顔を決め込み、早足で歩き出した。うしろから、こつこつと靴音が追いかけてくる。

「貴志さん、もう帰りなよ。巡回《じゅんかい》は俺ひとりでやるから」

だが、なにも返ってこない。聞こえてくるのは足音だけだ。

暗闇《くらやみ》の社内を見て回り、不審箇所《ふしんかしょ》がないかどうか、鍵《かぎ》はちゃんと閉まっているか確認《かくにん》したら、また地下の警備員室に戻《もど》り、次の巡回時間まで少し休憩《きゅうけい》する。

階段を使って五階から四階へ、そして三階へと下りた。そのあいだも、一定の距離《きょり》を保って貴志の足音がついてくる。

そのことにむやみに腹が立ち、三階の階段の踊《おど》り場で、「帰りなってば」と振《ふ》り向いたが、懐中電灯の灯りが射《さ》すほうには誰もいない。

ぎょっとしてあたりを見回した一瞬《いっしゅん》のうちに、暗がりに回り込んでいたのだろう。背後から、急に強く抱《だ》きすくめられた。

「貴志さん、なにやってんだよ……!」

「驚いたか？」

可笑しそうに笑う声にもがくのも忘れ、身体の力が抜《ぬ》けてしまう。

「脅かすなよ……。心臓、止まるだろ！」

「おまえはそこまでの甘ちゃんじゃないだろう」

囁《ささや》く声に覚えのある熱が混じっているのを聞き取り、尋はくちびるを嚙《か》み締《し》めた。

だめだ、どうしても。

このあいだ、貴志に抱かれてから自分の中にある情欲が、どうやってもコントロールできない。貴志に触《ふ》れられるだけで耳たぶまで熱くなり、ここがどこかということも忘れさせてしまうようだった。

それでもなんとか貴志の胸を押しのけ、「……やめろって」ととぎれとぎれに言った。

「なにするつもりなんだよ……」

「おまえを抱きたい」

シンプルな言葉が尋の意識をがんじがらめにし、わずかな抵抗力《ていこう》も失わせてしまう。

もともと、抗《あらが》う気はなかった。形ばかりに暴れてなんとかプライドを保ったとしても、貴志の両腕《りょううで》にすっぽりと収まり、上背のある彼に顎《あご》を摑《つか》まれると、くちびるが触れる前から熱っぽい吐息《といき》があふれてしまう。

「だめ、だって……ここ、会社じゃん……ヤバイよ、誰かに見られたら……」

「こんな時間じゃ誰もいない」

カチリと懐中電灯《かいちゅう》のスイッチが切られて、あたりは暗闇とすり替《か》わる。くちびるのラインを親指で何度もなぞられているうちに、じわじわとした快感が這《は》い昇《のぼ》ってくる。

少しずつ湿《しめ》り気を帯びていくくちびるをからかうように吐息がかかり、貴志がようやく自分のそれを重ねてきたことで、思わず彼の背中にしがみついてしまった。

上等なスーツに皺《しわ》ができてしまうかもしれないが、気にしていられるか。

軽く触れ合わせるキスだけじゃもの足りなくて、自分から背伸《せの》びして深く舌を搦《から》めた。

「……んっ……ぁ……」

髪《かみ》をまさぐりながら、貴志の舌がくねり挿《はい》ってくる。

熱い唾液《だえき》をたっぷり搦めたそれは混じりけなしの欲情をかき立て、貴志が触れてくるところならばどこでも敏感《びんかん》に反応してしまう。

「こっちに来い」

手を掴まれ、踊り場にある男子トイレに連れ込まれた。

室内の灯りを点《つ》けなくても、踊り場の非常灯が薄《うす》ぼんやりとここまで届いてくる。

大きな鏡のついた手洗い場で制服を半端《はんぱ》に脱《ぬ》がされ、ぴんと尖《とが》りきっていた乳首《ちくび》を人差し指で弾《はじ》かれて、涙《なみだ》が滲《にじ》みそうだ。

ていた。

キスのあいだ中、ワイシャツに乳首がひりひりするぐらい擦《す》れて、どうしようもなく昂《たか》ぶっ
「キスだけで乳首が勃《た》つようになったのか？」

「……っ貴志さんの、せいだろ……！」

「ああ、そうだ。俺のせいだ。俺が、おまえをこういうふうに仕込んでやったんだ」

確信を込めた声とともに乳首をこね回され、ツキツキとした痛みに近い快感が身体中を駆《か》けめぐる。

スラックスのジッパーを下ろされて、根元からぐんと勃ちあがるペニスを握《にぎ》られただけで達しそうだ。

「自分の顔を見てみろ」

貴志が背後に回り、顎を押し上げてくる。暗がりにようやく目が慣れ、鏡の中の自分がぼんやりと見えた。

ジッパーからはみ出させた性器を扱《しご》き、もう片方の手でワイシャツを開き、真っ赤に充血《じゅうけつ》した胸の尖りを尋自身に見せつけるかのように弄《いじ》り回す男が肩越《かたご》しに笑いかけてくる。

「俺のせいで、おまえはこんなにいやらしい顔をするんだ」

「あ――ぅ……っ」

痴態《ちたい》を映す鏡に両手をつき、尋は喘《あえ》いだ。淫《みだ》らに上気した顔がこっちを見ている。

もの欲しげに濡《ぬ》れたくちびるを開き、男の愛撫《あいぶ》を誘《さそ》うような顔つきに、ひくんとペニスがしなった。

かしこまった紺《こん》の制服を男の手によって乱されるのにも、ペニスの先端《せんたん》の小孔《こあな》に指を埋《う》め込まれるのにも、ひたすら感じてしまう。

どんなに口では嫌《いや》だと言っても、身体《からだ》が正直すぎる。

「たか、しさん……っ」

くびれから亀頭《きとう》にかけて、いちばん敏感なところを執拗《しつよう》になぞってくる男にせがむと、腰《こし》を摑まれ、身体の位置を変えられた。それから、貴志が突然《とつぜん》しゃがみ込んだことで、「なに……」と身体を震《ふる》わせたが、そのあとはもう声にならなかった。

「……ッ……！」

いきり立ったものを、貴志の口の奥深くに含《ふく》まれた。

熱くぬめる舌による愛撫は指で与えられるものとはまた違《ちが》い、尋は気が狂《くる》ったように頭を振った。

「あっ、ん、ぁ……っ」

フェラチオの経験がないわけじゃない。だが、貴志のように社会的地位の高い男がみずからひざまずき、自分のそこをしゃぶり立てるとは思っていなかったのだ。

じゅぽっ、と淫らな音が響《ひび》き、天を向く亀頭で貴志の口蓋《こうがい》を擦《こす》ってしまうのが恥《は》ずかしくても、止めようがない。

貴志のそれに比べればやや細めの性器に絡《から》み付く舌は肉厚で、ねっとりと唾液を伝わせ、尻《しり》の狭間《はざま》にも熱い感触《かんしょく》が伝わった。

「……いい……っ」

いままでに味わったことのない凄《すさ》まじい快感に、次々と声が漏《も》れてしまう。くびれをしゃぶられると、じわっと頭の中で熱いなにかが滲《にじ》むほど感じる。

「しゃぶられるのは好きか」

「んっ……、すき、……かも……」

従順に頷《うなず》いたのが、貴志は気に入ったらしい。

「それじゃ、こうするとどうだ？」

「……っぁ……！」

やさしく舐《な》められていたくびれにきゅっと歯を立てられたのが気持ちよすぎて、貴志が支えてくれていなかったら、そのままがくんと座り込んでしまっていたはずだ。

「すごい、……いい、……もっと、して……、もっと、噛んでよ……」

「たいした奴《やつ》だな。望みどおりにしてやる」

どこか楽しげな貴志の言葉ひとつひとつが意識を灼《や》いていく。

ほかの誰《だれ》も、こんなことは言わない。こんな強い快感もくれない。

セックスは好きでも嫌《きら》いでもなかったが、貴志の手で変えられてしまうのが少し怖《こわ》い。だが、ひと匙《さじ》の期待もある。

どこまでおかしくなるか、自分でもわからない。

けれど、プライドを優先して快感を必死に堪《こら》えるよりも、あられもなくよがり狂う自分を貴志も欲している気がする。

貴志の髪を掴み、自然と腰を揺《ゆ》らした。

目もくらむ快感は身体の真ん中をまっすぐに突《つ》き抜け、先端の小孔を舌先でくりゅっと弄られたのと同時に、溜《た》め込んでいた精液をどっと吹《ふ》きこぼしてしまった。

「あ、あっ、……あぁ……」

とくとくと脈打つそこを舐《ねぶ》り回し、飲み干す男の髪を掴む手のひらが、熱く汗《あせ》ばんでいた。

「濃《こ》い味だった。溜めてたのか？」

笑い声に、かっと頬《ほお》が熱くなる。

「このあいだ、……あんたにされてから、……誰ともやってなかったから……」

「自慰《じい》もしなかったのか」

「してねえよ」

達したばかりのそこをまだ探《さぐ》ってくる貴志にすがりつき、情欲が滲む目で睨《にら》んだ。それから、軽く彼のそこをスーツの上から触《ふ》れ、「……俺も」と掠《かす》れ声で呟《つぶや》く。

「俺も、……していい？」

「なにをだ」

「……俺も、貴志さんの……」

言いながら貴志の前にしゃがみ込み、ごくりと息を呑《の》んだ。

スラックスの前をきつく盛り上げる男のそれを、このあいだ身体の奥深くまで受け入れたばかりだが、口で味わうのは今夜が初めてだ。

「なにがしたいんだ？」

汗ばむ指でジッパーを引き下ろす尋に、最後まで言わせたいらしい。貴志の強い語調に、尋は喘ぎともつかないため息を漏らした。

「貴志さんのここ、……舐めてみたい」

「好きにしろ」

くくっと笑う声にそそのかされて、彼のそこを剝《む》き出しにした。

グロテスクなまでに筋を浮《う》き立たせた男根は斜《なな》めに太く反り返り、とてもじゃないがいっぺんには口に含みきれない大きさだ。

――こんなの、俺、よく受け入れたよな……。

バカなことを考えてしまうぐらい、貴志のものは大きい。

とくにエラが張り出していて、くびれとの差が極端《きょくたん》だ。そこから先も太くて長く、根元は硬《かた》い茂《しげ》みに覆《おお》われている。

怜悧《れいり》な顔をした貴志のそこを震える指で摑《つか》み、ちらちらと舌を這《は》わせ始めた。

濡れたくちびるに肉棒を挟《はさ》み、舌先を尖らせて下から上へとつうっと舐め上げると、掠れた吐息《といき》がこぼれ落ちてくる。見上げれば、薄闇《うすやみ》に眼鏡《めがね》をかけた男の感じる顔が視界に映った。

うつむいているせいで髪《かみ》が乱れ、くちびるがわずかに開いている。そこからこぼれるのは、間違《まちが》いなく情欲の吐息だ。

——俺でも、感じさせられるんだ。

つたない奉仕《ほうし》でも貴志が感じてくれるのだとわかると、たまらなく嬉《うれ》しい。

床《ゆか》に膝立《ひざだ》ちになって彼のそこを口いっぱいに頰張《ほおば》り、じゅぽじゅぽと音を響かせるほど淫猥《いんわい》に舐めしゃぶった。

「んっ……っぅ……ん……っ……」

「……おまえのも、もう硬くなってるじゃないか」

貴志が言うとおり、さっき達したばかりの自分のそこがゆるく首をもたげていた。

「自分で扱いてみろ」

「ん……っ」

挑発《ちょうはつ》するような言葉に煽《あお》られ、涙《なみだ》を滲ませながらも尋は貴志の言葉に従った。太い男根をしゃぶりながら、自分の性器を握《にぎ》り、擦っていると、すぐにガチガチに硬く勃《た》ち上がる。

「おもしろいぐらいに感じやすい身体だな、そんなにセックスが好きか？」

「ん、──んんっ」

違う、と言いたかった。

確かに敏感《びんかん》すぎる身体かもしれないけれど、貴志が相手だからだ。ほかの誰とも、こんなに熱くなれない。自分からはしたなくねだることもしない。

「制服を着たままで自分のそこを握って、男のモノを咥《くわ》えて……気持ちよければおまえは誰にでも身体を差し出すような淫乱《いんらん》か」

どこか冷たい感情を含んだこのひと言には、胸がずきりと痛んだ。

同じような言葉を何度も言われてきたが、今回だけは、はっきりと違うと言いたい。

──どうしてなんだ？　なにが違うんだ？

自分自身に問いかけながら、尋は彼の身体にすがりつきながら立ち上がった。

「違う、──俺は誰とでも寝《ね》るわけじゃない、……貴志さんが、相手だから……」

「社長である俺の言うことを聞かなかったらクビにされると思うからか？　あの写真をばらまかれると恐《おそ》れてるからか？」

なおも問いつめてくる貴志の真意がわからないまま、身体の向きを変えさせられた。

再び、鏡に両手をついて腰《こし》を突き出し、狭《せま》い窄《すぼ》まりが貴志の指でほぐされていく。

さっきまで舐め回していた男根を尻の狭間にあてがわれ、肺の奥からとてつもなく熱い息が押し出される。

「……違う、……そんなんじゃ……っ、ぁ、……っ！」

このあいだよりも性急に押し挿《い》ってくる肉塊《にっかい》に身体《からだ》が引き裂《さ》かれるようで、あまりの苦痛に思わずくちびるを嚙《か》み切ってしまった。

男を受け入れるのにまだ慣れていない身体を、貴志は構わず蹂躙《じゅうりん》してくる。

「あっ、あぁっ」

トイレの壁《かべ》に、天井《てんじょう》に、声が跳《は》ね返った。焼け火箸《ひばし》のように熱すぎる肉棒で穿《うが》たれ、腰がずり上がりそうなのを貴志にきつく引き戻《もど》されて、さらに奥へとねじ込まれた。

貴志のこころがわからない。なにを考えているのか、なにを求めているのか。

なにもわからないというのが、もしかしたら正しいかもしれない。

警備のバイトとして雇《やと》われてもう一か月以上経《た》つが、ついさっき聞いた生《お》い立ち以外に、貴志の私的な面はほとんど知らないに等しいのだ。

どこに暮らしているのかも知らないし、仕事以外のときはどんなふうに過ごしているのかも知らない。

いくつかの偶然《ぐうぜん》が重なった末に生まれたドライな快感をぶつけ合うだけの関係に、貴志は、そして自分は、なにを求めているのだろう。

どんな答えが欲しいというのか。

──このあいだのほうが、まだやさしかったのに。どうして今日はこんなに乱暴にしてくるんだ？

引きつれるような悲鳴を飲み込むように、貴志が深いくちづけを求めてくる。それに朦朧《もうろう》とした意識で応《こた》える反面、強引《ごういん》に突かれ、擦《こす》られて、少しずつ潤《うる》みながら男にまといついていく自分の身体の反応を知り、ああ、と掠れた声を漏《も》らした。

力ずくで犯《おか》されているのに、どうしても抵抗《ていこう》できない理由がわかりかけていた。

前に回る貴志の手が、そそり立つペニスをくるみ込み、じゅくっ、と扱《しご》き上げてくる。それと一緒《いっしょ》にうしろも太いもので貫《つらぬ》かれ、尋は貴志の動きに合わせて腰を揺らした。

貴志の形そのままにくり抜《ぬ》かれてしまいそうな肉洞が淫《みだ》らにうごめき、ひくひくと震《ふる》えるのが自分でもわかる。

「貴志さん……俺……、んっ、……あぁ……っ」

なにが自分にそんな気持ちを抱《いだ》かせたのか、ひとつひとつあきらかにすることはできない。

ただ、ひとつだけ確信できたことがある。

──誰とでもこんなことをしたいわけじゃない。このひとが相手だからだ。俺は貴志さんが好きなんだ。このひとなら、なにをされてもいい。

自分とはまったく違《ちが》う環境《かんきょう》に育ち、独自の強さと才能を身につけた男のシニカルな微笑《ほほえ》みにどうしようもなく惹《ひ》きつけられるなんて、自分でもバカバカしいとわかっているけれど、ここまできたら認めるしかない。

荒《あら》っぽい息を吐《は》きながらも、無言で、濡《ぬ》れた肉襞《にくひだ》を突《つ》き上げてくる貴志に、胸の裡《うち》を素直《すなお》に明かせればいいのだろうが、息することもままならない状況《じょうきょう》では、ひんやりした鏡をかきむしるだけだ。

だから、気づけなかった。

自分の中で力を増す一方の男を受け止めるのが精一杯《せいいっぱい》の尋に、少し離《はな》れた場所で、ちいさくカシャリと響《ひび》く策略の音は届かなかった。

真夏の太陽がアスファルトを灼《や》き、三十度以上の熱帯夜が続く八月なかば、尋は額の汗《あせ》を拭《ぬぐ》いながら、『吉葉』ビルにやってきた。

さまざまなバイトを経験してきたが、今回ほど精を出している仕事は初めてなんじゃないだろうか。

むろん、それには貴志の存在が大きい。彼が好きなのだとはっきり認識《にんしき》したら、一日でも多くバイトに出たかった。

セックスができなくてもいい。顔を見て、少し話す時間が持てればそれで十分だと思う自分は、まるで恋《こい》を覚えたばかりの中学生みたいだと気恥《きは》ずかしくなる。

「ウィーッス、お疲《つか》れさまです」

「おっ、今日も早いねぇ、大河内くん」

地下二階の警備員室に入ると、休憩《きゅうけい》中の小杉がテレビを見ていた。

午後八時の交替《こうたい》が待ちきれず、最近は早ければ六時半か七時には出勤し、警備員室でのんびり過ごすのが日課になっている。

この時間帯だとほかの警備員や社員もまだいて、時間前に来ている尋に「真面目《まじめ》だなぁ」と笑い、お茶菓子《ちゃがし》のあまりをくれたり、「大学生だっけ。就職どうするの？」などと世間話に興じたりした。

そんななかでも、尋が楽しみにしているのは、やはり貴志と会うことだが、用もないのに彼の部屋を訪ねることはできない。

貴志に会うには人気《ひとけ》がなくなる深夜まで待たねばならないのだが、そのほかにもうひとつ、楽しみがあった。

「ほら、今日も大河内くんのために、うちの母ちゃんが張り切って弁当こさえてくれたよ」

「マジッスか。すぐ食ってもいい？」

「どーぞどーぞ。今日はな、母ちゃん特製のハンバーグ弁当。大学生のバイトくんがいるって言ったら、うちの母ちゃん、俺の弁当づくりよりも張り切っちまってよ」

「うわ、今日もめちゃウマソー」

ギンガムチェックのバンダナ包みをほどき、弁当箱を開くと、艶々《つやつや》したソースをたっぷり絡《から》めたハンバーグに半熟の目玉焼きが載《の》っかっている。

筑前煮《ちくぜんに》のそばに、ブロッコリーを軽く塩で味つけしたものや、星形のにんじんの付け合わせも添《そ》えられているのが可愛《かわい》くて、思わず笑ってしまった。まるで、幼稚園《ようちえん》に通う子どもに持たせる弁当みたいだ。

「こういう弁当、子どもの頃《ころ》にだって食べたことないッスよ」

「えー、そうか？　大河内くん、可愛がられて育ってきたように見えるけどなぁ」

「うち、歯医者だから。両親ふたりとも忙《いそが》しくて、家事は専用のお手伝いさんに任せっぱなしだったし、いまはひとり暮らしだから」

「ブルジョアな発言だねぇ。お手伝いさんがいる家なんて、うちの近所にゃ一軒《いっけん》もないな。さすが、ぼんぼんは違う」

しみじみ言う小杉にちいさく笑い、「いただきます」と礼を言って弁当を食べ始めた。

コンビニ弁当ばかり続けている尋を心配し、ある日、小杉が、「たいしたモンじゃないけどよ、うちの母ちゃんに弁当つくってもらったよ？」とギンガムチェックのバンダナで包んだ弁当箱を渡《わた》してくれたのだ。

外食ならともかく、手製の弁当となると妙《みょう》に気が引けたが、小杉の妻は調理師免許《めんきょ》を持っていて、相当旨《うま》いものをつくると、あの貴志も保証していた。

試《ため》しに一口食べてみると、そんじょそこらの定食屋よりも旨かった。玉子焼きに肉団子、セロリとじゃこの炒《いた》め物と、メニューはいたって平凡《へいぼん》だが、下味をしっかりつけ、時間が経って冷めてもおいしく食べられるよう工夫《くふう》がしてあるようだった。

今日のハンバーグ弁当も、文句なしにおいしい。

「どうよ、うちの母ちゃんの味は」

「マイウー」

顔をほころばせたとたん、ぽろっとこぼしたご飯粒《はんつぶ》も丁寧《ていねい》に拾って食べ、教科書サイズの弁当箱にぎっちり入ったご飯をあっという間に平らげた尋は、「ごちそうさまでした」と深々と頭を下げた。

「いやー、マジ、小杉さんちの奥さんって料理上手ですね。いいなぁ。家じゃ、いつでもウマイもの食わせてもらえるんでしょ」

「まーな、それだけが自慢《じまん》よ。うちにも子どもがふたりいるんだけど、どっちももう結婚《けっこん》して独立しちゃってさ。まあ、せいせいしたところだけど、ちょっとばっか寂《さび》しいやな。母ちゃんとしては、俺以外に弁当をつくるのが久しぶりだっていうんで、スゲエ張り切ってるわけよ。『最近の若い子は筑前煮とか食べるかしらねえ』とか、楽しそうだもんな」

「ウマかったッスよ。筑前煮って案外手間暇《てまひま》かかりますもんね。ひとり暮らしじゃ、なかなかできないですよ」

空になった弁当箱を綺麗《きれい》に洗って返すと、小杉も嬉《うれ》しそうだ。

「今度、なんかお礼しますね。いつもごちそうになってばっかりじゃ悪いし」

「気にすんなって。夜勤を大河内くんひとりに押しつけてる詫《わ》びだよ、詫び。そろそろ交替要員が入ってきてもいいんだけどなぁ、貴志社長がなかなか『うん』と言わないから。あのひとの目っていうのも結構厳しいんだよなぁ」

「……警備の面接って、いつも貴志社長が立ち会うものなんですか？」

「まー、だいたいそうだな。社員はもちろんだけどさ、会社を『守る』って立場の警備員についてもおろそかにしたくないって、俺の面接のときに言ってたよ。いまどき、あれだけ仕事熱心な社長っていうのもめずらしいねぇ。感心するねぇ」

頭を振《ふ》り振り言う小杉にちらっと笑って、上着の襟元《えりもと》についた社章をなんとはなしに弄《いじ》り回した。

仏頂面《ぶっちょうづら》で仕事ばかりしているという印象の強い貴志だが、その誠意はちゃんと伝わっている。たまに話しかけてくれる社員たちは皆《みな》、真面目で朗《ほが》らかで、『大学卒業したら、うちに来ない？』と誘《さそ》ってくれる者もいる。

『外から見たら堅《かた》そうな会社に見えるけど、内部は案外自由だよ。貴志さんが社長に就任されて以来、現場の声もダイレクトに聞いてもらえるようになったし。新しい企画《きかく》についても、ちゃんと耳を貸してくれるしね』

　尋が以前行ったことのある青山のカフェは、『吉葉』ブランドだけに頼《たよ》らず、新しい時代に合う新しい味を追求しようという現場から出たものらしい。それを貴志はきちんと聞き届け、実際に形にするところまでとことんつき合ってくれた、とアイデアを出した社員が嬉しそうに言っていた。

『うちみたいに歴史が長い会社だと、どうしても封建《ほうけん》主義になりやすくてね。前社長も、そのへんを危惧《きぐ》されて、大胆《だいたん》な改革をやってくれそうな貴志さんを社長に据《す》えたってわけなんだ。最近じゃ、副社長の弓彦さんも現場によく顔を見せてくれるようになって、僕らと活発に意見交換《こうかん》してるよ』

　弓彦と貴志の微妙《びみょう》な関係を知っている者はちらほらいるようだが、公《おおやけ》ではない雰囲気《ふんいき》が窺《うかが》えた。話を聞いていた尋も曖昧《あいまい》な顔で頷《うなず》き、弓彦たちの関係については深追いしなかった。

　とくに口止めされたわけではないにしろ、庶子《しょし》であることを淡々《たんたん》と告げた貴志にしても、血筋という目には見えない関係で、仕事に影響《えいきょう》を及《およ》ぼしたくないはずだ。

　貴志に負けじと、弓彦も現場に出て社員たちとコミュニケーションをはかっているという事実は喜ばしいかぎりだ。

　弓彦は弓彦なりに自分の立場を認め、貴志の右腕《みぎうで》となるべく積極的になっているのだろうか。

　――ほんとうにそうならいいけど、実際、どうなんだろう。貴志さんははっきりと、弓彦さんや正妻たちに『憎《にく》まれている』と言っていた。その感情は昨日今日根付いたものじゃない。長い時間をかけて根付かせてきた憎しみを、あっさりと水に流してしまえるんだろうか。

半信半疑ではあったものの、弓彦と顔を合わせる機会が少ないだけに、彼のひととなりというものを判断しきれなかった。

もし、貴志がなにかに困っているなら力になってやりたい。だが、一バイト、一警備員、しかも一回りも年下の自分になにができるのかと考えると、自分でもためらってしまう。

——性欲を解消してやるぐらいしか、俺にできることってないよな。なにもできないってのが、ホントのことかも。

そんなことを考えながら、早めに警備の交替をすませ、いつもの制服を身につけた尋は社内巡回《じゅんかい》を始めた。

夜八時、社内にはまだ残業しているひとたちがちらほら残っている。「お疲れさまです」と声をかけながら各部屋、トイレをチェックし、五階の社長室へと向かったときだった。

突《つ》き当たりの部屋から、かすかに怒《ど》鳴《な》り声が聞こえてきたことに、尋は眉《まゆ》を吊り上げた。

ぶ厚い扉《とびら》を透《す》かして聞こえたのは、貴志のものではない。

社員か、それとも自分より年上の役員たちと言い争っているのか。

へたに入ったらまずいと思いながらも、やはり気になってしょうがない。

歩をゆるめて社長室に近づくと、突然《とつぜん》、扉が大きな音を立てて開いた。

「──好きにしろ！」

声を荒《あら》らげながら血相を変えて出てきたのは、驚《おどろ》いたことに副社長の弓彦だ。

尋と目が合うなりはっとした顔をした次に、弓彦は困惑《こんわく》混じりの笑《え》みを浮《う》かべた。その柔《にゅう》和《わ》な微笑《ほほえ》みは、最初に会ったときとまったく変わらない。

いい暮らしをしてきた者だけに備わる優雅《ゆうが》さと洗練された容姿は、野性味を帯びた貴志とはまた違《ちが》う魅力《みりょく》だ。

「……格好悪いところを見られちゃったね。ごめん」

「いえ、あの……べつに、俺はなにも聞いてませんから」

穏和《おんわ》な弓彦らしくなく怒鳴っていたことからも、なにかしらのトラブルが発生しているらしいことはわかったが、詳《くわ》しいところまで追える立場ではない。

こういう場合、さりげなくそばを離《はな》れるのがいいのだろうと思ったが、つかつかと足早に近づいてきた弓彦に急に腕《うで》を取られた。

「遅《おそ》くまで警備していると、貴志と話すこともあるだろう」

「あの──」

「あいつには気をつけなさい。近づかないほうがいい」

唐突《とうとつ》な言葉に目を丸くする尋に、弓彦はちいさくため息を漏《も》らす。

「あれは、昔からいろいろと問題ばかり起こしてきた。僕ら吉葉の者もほとほと手を焼いているんだ」

「……どんなこと、したっていうんですか？」

「きみは知らないかもしれないね。あれは、正妻の子じゃないんだ。実の母親はちっぽけなクラブのママでね、商才があるのはまあ……血筋なんだろうけど」

壁《かべ》に寄りかかった弓彦が、「あれ」というたび、なんとも言えないもやもやとした不快な気分を味わった。

貴志の名前を呼ばず、「あれ」と蔑《さげす》むのは、彼が正しい血筋にあるからだろう。

「商才を仕事に活《い》かしてくれるのは結構だが、あちこちの女にまで手を出すらしくてね。そのうち、男にまで触手《しよくしゆ》を伸《の》ばすんじゃないかってひやひやしているよ。きみは大丈夫《だいじようぶ》？　あれに変なことされたりしていないかい？」

「俺はべつに……、そんなことは……」

貴志が、多くの女に手を出す。単なる戯《ざ》れ言《ごと》に過ぎないと自分に言い聞かせても、ざわついていた神経が一層尖《とが》っていくようだった。

貴志ほどの男なら、群がる女の数は相当のものだ。その気になる男がいないとも言えない。

——だって、俺自身がそうだし。

自己卑下《ひげ》しているうちに、視線が下を向いてしまう。

彼の二十四時間を見張っているわけではないから、自分がいない場所で誰《だれ》と会っているか知らない。どんなことをしているかも、考えているかも、わからない。

――俺にしたみたいなことを、ほかのひとにもするんだろうか。

言葉もなくうつむいてしまった尋に、弓彦はもう一度、「気をつけて」と忠告してくる。

「あれが社長になったのも、自分の生《お》い立ちを利用してのことなんだ。あいつは目的を遂《と》げるためなら、なんでも利用する」

「……え？」

ある種の険しさを込めた声に、思わず顔を上げた。

「もともと、『吉葉』は世襲《せしゅう》制だから、本来なら僕が社長になるはずだったんだ。だが、あいにく、父が昔、うっかり間違《まちが》って手を出してしまったクラブの女が身ごもってしまった。それが、貴志だ。あれの母親というのもまた性悪《しょうわる》でね……、多額の金をたびたび要求されて、僕の母が何度泣かされたことか。――貴志は、自分をトップにしなければ不遇《ふぐう》な生い立ちを世間にばらすと父に迫《せま》った。いや、脅《おど》した、というほうが正しいかな。『吉葉』のように長い歴史を築いてきた会社にとって、そうしたスキャンダルは命取りになるんだ。『清廉潔白《せいれんけっぱく》』を掲《かか》げ、最高のおもてなしと美味を提供する料亭《りょうてい》を、貴志は乗っ取ろうとしているんだよ」

シャープなグレイのスーツの襟《えり》を正した弓彦の言葉の、どこからどこまでが真実なのだろう。なにを疑えばいいのだろう。

「最近では、福岡や京都の板前や仲居たちの給与《きゅうよ》を勝手に下げたという噂《うわさ》も聞く。それだけじゃない。賞味期限の切れた食材をごまかしてお客様にお出ししたり、産地偽装《ぎそう》もやっているようだとの指摘《してき》も内々に受けているんだ。……ほんとうに困ったよ。いつ、このネタが表沙汰《おもてざた》になってしまうか、僕も頭が痛い。親しいマスコミ連中には、早合点《はやがてん》しないでくれと頼《たの》み込んであるんだがね。早急《そうきゅう》に手を打たなきゃいけないから、さっきまで貴志と話し合っていたんだが、……結局、和解できなかった」

ひとしきり喋《しゃべ》り、弓彦が「ごめん」と、呟《つぶや》く。

「久しぶりに頭に血が上ってしまったみたいだな。きみにまで、変な話を聞かせてごめん」

「いえ、……誰にも喋りませんから」

掠《かす》れた声で言うと、弓彦が軽く肩《かた》を叩《たた》いてきた。

「すまなかった。……でも、さっき言ったことはほんとうだよ。貴志にはできるだけ近づかないほうがいい。そのほうが、きみのためだ」

説得力ある声で言い置き、ジャケットの裾《すそ》をひるがえして歩き去っていく弓彦の背中を、尋はぼんやりと見つめていた。

一瞬《いっしゅん》のうちに吹《ふ》き込まれた話は、貴志から聞いたものとまるっきり真逆だ。

病気がちで、息を引き取る間際《まぎわ》まで貴志の行く末を心配していたはずの母親は、弓彦たちに大金をせびっていたという。

その貴志も、自分の生い立ちを嫌《いや》なほうに利用して、社長の座を勝ち取ったのだと弓彦は囁《ささや》いてきた。

——なにがほんとうで、なにが嘘《うそ》なんだろう。

ほんとうに貴志を好きならば、疑うことすらバカバカしいはずなのに、そうできないのは、彼そのものをよく知らないという事実があるからだ。

弓彦の真剣《しんけん》な言葉をまったく信じないというのも、難しい。福岡や京都にある『吉葉』の板前や仲居たちが辞《や》めていくという話を聞いたのは、ついこのあいだのことだ。

あのとき、貴志は憂鬱《ゆううつ》そうに、『また、この件か』と呟いていた。

従業員がいつかなくなってしまったのは、いまに始まったことじゃないのだろう。

——それに、賞味期限が切れた食品を出していることや、産地偽装までしているって言ってた。それがもしほんとうだったら、『吉葉』は大変なことになる。休業か、へたすると廃業《はいぎょう》にまで追い込まれるんじゃないだろうか。

灯《あか》りの点《つ》いている社長室をそわそわと眺《なが》め、——俺になにかできることはないんだろうか、と考えたが、いいアイデアはなにも浮かばない。

彼がどんな仕事をしているか末端《まったん》は聞いていても、実務作業となるとなにがどうなっているのか、さっぱりわからないのだ。

——俺が、経験のある社会人だったらよかったのに。

初めてそんなふうに思った。いままではなんとなくだらだらと毎日が過ぎていくに任せ、住むところも食べることもすべて親がかり。

暇潰《ひまつぶ》しをするための趣味《しゅみ》がバイト、と言ってあちこちの仕事場をのぞいてきたが、貴志と弓彦の言葉のどちらが正しいのかと揺《ゆ》れてしまう軟弱者《なんじゃくもの》で、たとえ貴志を信じたとしても、たいした力になれないことは自分がいちばんよくわかっている。

苦い思いで社長室をあとにし、再度、五階を訪ねたのは午前一時の巡回《じゅんかい》時だ。今夜も貴志はひとり残って仕事をしているようだ。

灯りが漏れる扉《とびら》を軽くノックし、「お疲《つか》れさまでーす」とできるだけいつもの調子で呼びかけた。

「おまえか」

パソコンから目を離した貴志が、「もう一時か」と呟く。鋭角《えいかく》的な頬《ほお》のラインが目立つ。連日の激務で少し痩《や》せたのかもしれない。

弓彦との激しい口論も、彼を疲れさせる一因なのだろう。身内に敵を抱《かか》えてしまった貴志が心配でたまらないが、彼を奮起させられるような名案があるわけでもなし。ただ、こうしてさりげないふりを装って、貴志の様子を見守ることぐらいしか、いまはできない。

深いところまで関《かか》われない自分が、ただただ悔《くや》しかったが、努めて笑顔を保つようにした。

「あんたさぁ、毎日毎日残業ばっかじゃん。そのうち身体《からだ》、壊《こわ》すよ」

「だったら、見舞《みま》いに来るか」

「は？」

「俺がベッドの中で仕事を片付けているあいだ、おまえには家事でもやってもらうか。それなら、一石二鳥だ」

「なんか違《ちが》うって、それ。ベッドの中にまで仕事を持ち込んだら、結局休めないじゃんよ」

「まあ、そうだな」

軽口をたたいているあいだの貴志は、手強《てごわ》い表情をするでもなく、他愛《たあい》ない応酬《おうしゅう》を楽しんでいるふうに見える。

「やってもやっても、仕事が終わらん」

ため息混じりに言った男は大きくを伸びをしたあと、頭のうしろで両手を組む。めずらしく、芯《しん》から疲れている様子だ。

「福岡と京都の店の動きも油断できないし、新規メニューも考えたい……カフェの二店舗《てんぽ》目についてもそろそろ本格的に動かなきゃいけないんだが……」

ひとつあくびをする貴志を見ているうちに、ふと、こころのネジがゆるむ。

弓彦の言葉がいまだ頭の隅《すみ》にあるが、どんな手段を使うにせよ、貴志が仕事に精魂傾《せいこんかたむ》けていることは真実だ。むやみに疑うことはしたくない。

――このひとを信じよう。弓彦さんが言っていることはほんとうかもしれない。俺も、ある意味じゃ、彼のストレス発散のために利用されているのかもしれない。でも、いいじゃないか。

好きなんだからしょうがないじゃないか。騙《だま》されたっていい。

「肩、揉《も》んでやるよ」

うしろに回って軽く肩を揉んでやると、思っていた以上にこっている。

「目、使いすぎなんじゃないの？」

「そうかもな。俺が判子を押さないと進まない企画《きかく》が山ほどあるんだ」

「シャチョーさんも大変だ」

おどけて言うと、貴志が悪戯《いたずら》っぽい目で、「まあな」と言う。

「肩書《かたが》きなんかどうでもいいとたまに思う。社長にならなくても、俺は『吉葉』を支えていくひとりになりたいと思ってた。この料亭が出す味に惚《ほ》れ込んでいたんだ。親父《おやじ》も昔はずいぶんと口うるさかったが、外に女をつくったのは俺の母親だけで、あとは徹底《てってい》して味にこだわるひとだった」

「貴志さんのお父さんって、どんなひとだったの？」

彼のほうから打ち明けてくれた過去に食いついてみると、貴志は苦笑い混じりだ。

「もともと腕《うで》のいい板前で、自分の目と舌をいつも疑い、信じることを繰《く》り返したようなひとだ。社長になってからも、現場の板前と一緒《いっしょ》になって、しょっちゅう厨房《ちゅうぼう》に立っていたと聞く」

「ふーん……、絵に描《か》いたような頑固《がんこ》親父だね」

「ま、一口で言えばそうだ」

「そんなひとが、……どうして貴志さんのお母さんとつき合ったんだろ。……ほら、一応、正妻がいたんでしょ？」

とても私的な部分に触《ふ》れているだけに慎重《しんちょう》な訊《たず》ね方になったが、貴志のほうはとくに隠《かく》し立てするつもりはないようだ。

「正妻と親父は政略結婚《けっこん》だったんだ。親父は料理に対するセンスを祖父に認められて婿入《むこい》りしたんだが、正妻のほうは筋金入りのお嬢《じょう》様育ちでな。我が儘《まま》し放題で、板前出身の親父のことも自分より格下の人間だと見なしていたらしい。ただ、最初のうちは親父の頑固さがめずらしくて惹《ひ》かれたところもあったんだろう。だから弓彦をもうけたんだが……」

貴志がちいさくため息をつく。

「一子もうけたら、正妻の親父に対する愛情は一気に冷めたみたいなんだ。弓彦を猫可愛《ねこかわい》がりするばかりで、仕事に追われる夫をねぎらうことを一切放棄《いっさいほうき》した妻に、親父も疲れたんだろう。そんなとき、たまたま、銀座のちいさなクラブを訪《おとず》れて、俺の母に出会ったんだ。俺が言うのもなんだが、母は正妻と真逆の性格で、控《ひか》え目で、細かい気配りができるひとだった。親父もそこに一目惚《ひとめぼ》れして――いまの俺がいるというわけだ。俺の身辺調査はこれぐらいで満足してもらえたか？」

「まあね」

軽く言ったものの、またひとつ貴志の過去を知り、より近づけたような気になってしまう。これが独りよがりな考えだとは十分わかっているが、貴志みずから話してくれたことを考えると、やっぱり嬉《うれ》しい。

支えていきたい、力になりたいという想《おも》いは募《つの》るばかりだ。

「いろいろ大変だったんだろうけどさ……貴志さんって、結構お父さんの血を強く受け継《つ》いでるんじゃん？」

「そうか？」

「そうだよ。あんただって、なんでも徹底してるじゃんよ」

肩《かた》を叩《たた》きながら言うと、貴志が笑って頷《うなず》く。

「……そうかもな。だから、親父も最終的に俺を社長に指名したんだろうな。相当迷ったという話は聞いているが……。弓彦にも才能はあるが、あいつは育ちがよすぎて、立ち回りがきかない。外面はいいから、メディアに出て『吉葉』をアピールしてくれるのには、十分に力を発揮してくれるんだがな。社長っていうのは、そういうことだけじゃ務まらないだろう。トップに立つと、さまざまな事柄《ことがら》にいっぺんに判断を下さなきゃいけないときもある。憎《にく》まれることも役目のひとつになる。そういうことを、あいつはたぶん受け入れられない」

「どーゆーコト」

「たとえばの話だ。なにがしかのトラブルに遭《あ》って社員に食ってかかられたら、あいつの場合、熟考する間もなく逆ギレするだろうな」

穏《おだ》やかな表情が板に付いたような男でも、怒《いか》り狂《くる》う場面があるのだろうか。

――でも、今日、確かに怒鳴《どな》ってたよな。

そう言われると、貴志の言葉も納得《なっとく》できる。

弓彦の品のよさは確かに人受けするだろうが、あくまでも一過性のものかもしれない。そして、社長というのは、貴志のように傲然《ごうぜん》としていても、想像以上に粘《ねば》り強く、同時に俊敏《しゅんびん》性にすぐれた者がなるべきなのだろう。

多くの人間をまとめる立場になるには、これぐらい根性《こんじょう》が据《す》わった者ではないと務まらないのだ。

「貴志さん、社長を辞《や》める気はさらさらないんだろ」

「ない。俺は誰《だれ》かに憎まれても、『吉葉』を存続させていく」

潔《いさぎよ》いまでにきっぱり言うあいだも資料をめくる手を止めない貴志に触れていても、やましい気分が起きるわけではない。

そばにいて、なにか話せれば十分だ。

ワイシャツを透《す》かして、弾力《だんりょく》と温《ぬく》もりが伝わってくる。

ここらへんかな、というところをぐっと押さえてやると、貴志は気持ちよさそうなため息を漏《も》らし、気前よく書類にポンと判子を押す。

「肩揉《かたも》み、うまいじゃないか。おまえが始終そうしてくれたら、書類整理もはかどるんだが」

「冗談《じょうだん》こいてんじゃねえよ。マッサージって結構重労働なんだからな」

散々文句を言いながらも、張った首筋や肩胛骨《けんこうこつ》のあたりを丁寧《ていねい》に揉みほぐしてやった。淫《みだ》らな意味合いで触れるというのではなく、ごく自然なボディコミュニケーションができたことで尋自身もほっとした。

「京都や福岡の店の件って、まだこじれてんの？」

「ちょっとな。店長と電話で話してみたんだが、一部の板前や仲居たちにどうもなんらかの不満があるらしい。ただ、それをなかなか聞き出せないようなんだ。数日中に、俺自身が向こうを訪ねて聞いてこようと思う」

「そっか……、気をつけて行ってきなよ」

現場に実際に足を運び、どんなことが起きているのか、自分の目で確かめないと気がすまないのだろう。

仕事バカな男らしいと苦笑いし、マッサージの仕上げにゆるく肩をさすってやると、貴志が肩越《かたご》しに可笑《おか》しそうな目を向けてきた。

「どうした。今日はやけに殊勝《しゅしょう》じゃないか」

「俺だって、たまには親切にしてやる日ぐらいあるよ」

「その、たまにってのはおまえの場合、十年にいっぺんぐらいだろ」

どこかで似たような会話をした気がするが、よく思い出せない。

「礼をしてやる」

「ちょ、……貴志さん……っ」

手首を強く引き寄せられ、またも会社で抱《だ》き合うのかと慌《あわ》てたが、違《ちが》った。

ただ、くちびるが重なるだけで、じわりとした熱を分け与《あた》えるようなキスに尋もおとなしく従った。

――こんなキスも、できるんだ。

力ずくで抱かれることが多いせいか、穏やかなキスには慣れていない。

「……ん……貴志、さん……」

頰《ほお》を撫《な》でたり、髪《かみ》を梳《す》いてくれる指先にいつしか尋も身をゆだね、互《たが》いのくちびるのやわらかさを楽しむようなキスに浸《ひた》った。

角度を変えてくちびるを重ね、甘くついばんだり、少し色気を出して嚙《か》んでみたり。

身体《からだ》の奥深くで疼《うず》く熱が本格的に動き出しそうなのを、貴志も感じ取ったのだろう。軽く尋を押しやり、額をつついてきた。

「これ以上したいなら、ここでおまえを犯《おか》すぞ」

「……バーカ。いくらなんでも社長室はまずいでしょ、社長室は」

笑いながら抱き合い、貴志の広い背中を二度、三度、なだめるようにぽんぽんと叩く。

自分よりずっと年上で、上背もある男を励《はげ》ましてやりたい。

力になってやりたい。

トラブル回避《かいひ》のために即《そく》行動できるような能力のある片腕《かたうで》にはなれないけれど、自分には自分なりの励まし方があるんじゃないかと思うのだ。

「大丈夫《だいじょうぶ》だよ。問題が起きても、あんたなら絶対に解決できるよ」

「おまえに慰《なぐさ》められる日が来るとは思わなかったな」

「言ってな。じゃあ、俺は巡回《じゅんかい》してくるから。早めに帰りなよ」

「ああ、わかった」

かぶり直した帽子《ぼうし》のつばをちょっと上げて挨拶《あいさつ》し、うしろ手で社長室の扉《とびら》を閉めかけたときだった。

「また来いよ、尋」

パタン、と閉まる扉の音に重なって、笑い混じりの貴志の声が聞こえた。

いまのは、聞き間違《まちが》いじゃない。絶対に。

——名前、呼ばれた。

信じられない思いで、肩越しに社長室の扉を見つめた。

もう一度この扉を開けて、「いま、もしかして名前呼んだ?」と確かめようかとも思ったものの、なんだか無粋《ぶすい》な気がして、やめた。

思い出してみれば、いまのいままで、「新人バイト」とか、「おまえ」としか呼ばれてこなかった。

それがきっかけで最初の険悪なムードが生まれたのだが、あれから一か月以上が経《た》ち、いまでは仕事の合間を見て、スリルのあるキスを交《か》わしたり、抱き合ったり、ときには今日のように仕事の話を聞いてみたりするまでになったひとつひとつをよくよく考えてみると、奇妙《きみょう》な関係だ。

可笑しいような、驚《おどろ》くような、それでいて、胸が甘く満たされる感情に尋は微笑《ほほえ》んだ。恋《こい》に落ちる瞬間《しゅんかん》、なんて気恥《きは》ずかしいものが自分に訪《おとず》れるとは想像もしていなかった。しかも、相手は年上の男だ。

激しいセックスの最中《さなか》にも、白く蕩《とろ》けそうな意識で貴志が好きだと思ったことがある。けれど、名前を呼ばれたいま、こころに根付いた想いはもっと確かなものだ。

——急に名前を呼ぶなんて、やってくれるじゃん。

いま、自分の微笑みと似たようなものを貴志も扉の向こうで浮《う》かべているだろう。

それをわざわざ確認《かくにん》する必要はない。

——大丈夫だ。きっと、通じてる。

ひとり笑い、尋は自分の仕事を全《まっと》うするため、懐中《かいちゅう》電灯のスイッチをカチリと入れて、暗い社内を再び歩き出した。

貴志の言ったとおり、福岡や京都の『吉葉』で従業員の出入りが激しいという噂《うわさ》は、一週間もすると社内中に広まった。

お盆休《ぼんやす》みが明けてすぐに、貴志は福岡、京都へ赴《おもむ》いたものの、なぜ板前や仲居たちが長くいつかないのか、なかなか聞き出せなかったらしい。

日に日に疲労《ひろう》の色が濃《こ》くなっていく男を案じていたある日、久しぶりに夜勤を一緒《いっしょ》に勤めてくれるという小杉が渋面《じゅうめん》で、「ちょっとちょっと—」と、警備服に着替《きが》えたばかりの尋を手招きしてきた。

「大河内くん、聞いたかい？　『吉葉』の福岡店と京都店で、賞味期限の切れた食材をお客様に出してたって噂があるらしいね」

「……そう、なんですか？」

この件に関しては、弓彦の口から聞いていたが、初めて聞くような顔をしてみせた。

デリケートな話題だからこそ、前もって知っていながら、小杉にはなにも喋《しゃべ》らなかったことがばれたら、ひとのよい彼もさすがに気を悪くするだろう。

「どっからそんな噂、出たんですか。賞味期限切れの食材を使ってるって……お客様にはフッー、わかりませんよね」

「それだよ、それ。前からさ、あの二店舗《てんぽ》では従業員の出入りが激しいという噂だっただろう。やっぱ、内側のリークなんじゃないかね」

「従業員が密告したってことですか？」

「それしか考えられないだろ。厨房《ちゅうぼう》でなにが起きているか、お客様にゃわからんだろう。お客様の手つかずの食べ残しを、ちょちょっと整えて、ほかのお客様にお出ししたって噂も出てるぐらいだ。そういうことを、板前や仲居たちはぜーんぶ知ってるわけだ。良心のある奴《やつ》なら、会社のモラルに疑問を持って辞《や》めちゃうよ」

「でも……まだ、噂の域を出てないんですよね。確証が取れないうちに騒《さわ》ぎが大きくなったら、風評被害《ひがい》で『吉葉』もヤバくなるじゃないですか」

「だよなー。あの貴志社長にかぎって、そんな小賢《こざか》しい指示を出すはずもないし……」

首をひねる小杉に、思わず尋は身を乗り出した。

「当たり前ですよ。あの頑固一徹《がんこいってつ》社長が、わざわざ自分の会社を傾《かたむ》けさせるわけないじゃないですか」

「変に気合い入ってんね、大河内くん。どしたのよ、いつのまに貴志社長とフレンズになったわけさ」

「フレンズって」

真面目《まじめ》な話の最中なのに、いきなり小杉が変な言い方をするものだから、尋も真面目な顔を崩《くず》して笑ってしまった。

「そんなんじゃないですって。……でもまー、なんていうか、あのひとが『吉葉』を大事にする気持ちは、俺にもなんとなくわかるし……」

「うん、俺もそう思うよ。……とはいえ、『吉葉』の料理っつうのは一般庶民《いっぱんしょみん》からしてみたら、桁違《けたちが》いの値段なんだよな。確かに、無農薬野菜だとか、有機栽培《さいばい》だとか国産だとか、食材のひとつひとつを貴志社長が吟味《ぎんみ》してるって聞くぐらい徹底してるんだろうが、それだけコストもかかるわけだよな。ちょっとズルイ奴だったら、『黙《だま》ってればわかんねえ』ってな考えで、付け合わせやらなんやら、箸《はし》をつけてなさそうな料理の使い回しぐらいしちゃうかもな」

「それやったら、立派な詐欺《さぎ》じゃないですか。『吉葉』はやりませんよ、そんなこと」

「でもなー、なんだかスッキリしねえんだよなー。ここ数日、日中の社内もこの噂であちこち大騒《おおさわ》ぎよ」

　頭をかきかき、社内巡回を始める小杉と小声で話し続けた。

「長いこと会社やってると、そりゃいろんな問題があるだろうが、最高級のおもてなしと美味がウリの『吉葉』にとっちゃ、今回の噂ほど痛いもんはないよな」

「だーかーらー小杉さんー、それって噂にすぎなくてー」

　眉《まゆ》をひそめ、ふたりしてビル二階にある広報部へと向かう。夜の八時過ぎ、まだ数人の社員が残っており、そろってしかめ面《つら》をしている。

「……やっぱり、福岡店と京都店の問題はほんとうじゃないのか？　昨日、今日だけで問い合わせの電話が十件以上きている」

「予約の取り消しもちらほらあるみたいだし……」

「産地偽装《ぎそう》や賞味期限切れの食材でも使うようにって、貴志社長じきじきの命令だっていう話もあるらしい」

「弓彦副社長が問いただしたら、『まったく根拠《こんきょ》がない』と返ってきたってさ。もともと、あのふたりは犬猿《けんえん》の仲だろう。いったい、どれが真実なんだか……、一社員の俺たちが知る頃《ころ》には、もう遅《おそ》いかもな」

　当人たちはひそひそと交わしているつもりだろうが、こういう話にかぎって他人の耳に届いてしまうものだ。

　小杉と尋は目くばせして知らぬ顔を決め込み、「お疲《つか》れさまです」と言いながら彼らの脇《わき》をすり抜《ぬ》け、窓がちゃんと閉まっているかどうか確認し、「失礼します」と一礼して部屋を出たあとは、ふたりして盛大にため息をついてしまった。

「……いまんところ、ちょっとばかり、貴志社長の旗色が悪いみたいだな」

「会社のトップ……ですからね」

　貴志と弓彦の抜き差しならない関係には、社員の誰《だれ》もがうっすらと気づいていたのかもしれないが、いままで黙っていたのだろう。

しかし、ここに来て一気に表沙汰《おもてざた》になってしまったようだ。

「こういうとき、トップダウン方式の会社に勤めるってのは大変だとしみじみ思うよ。とくに歴史ある会社だと、ブランドイメージを守るためにトラブルの隠蔽《いんぺい》工作も結構えげつなくやるからねぇ……。『吉葉』はそうじゃないと信じたいんだが」

噂がほんとうでも、出任せでも、その責任を追及《ついきゅう》されるのは貴志だ。

今日も、彼は福岡店に再度足を運んでおり、不在だ。

弓彦も原因追及のため、京都店へと出向いている。

社長、副社長ともどもいないとなると、社員たちの動揺《どうよう》も大きくなるらしい。いつになく遅くまで会社に残り、そこかしこで噂し合う社員たちを暗澹《あんたん》たる思いで見つめ、尋は小杉と一緒に翌朝まで警備して回った。

夜勤を終えて自宅に戻《もど》ったものの、不穏《ふおん》な噂が頭から離《はな》れず、眠《ねむ》りは浅かった。

昼の三時には目を覚まし、身支度《みじたく》を調えて『吉葉』ビルに向かった。今日の夜勤は、またも自分ひとりだ。

試用期間の二か月も、あと二週間ほどで終わる。

このままバイトを続けるのか、それともまた別口を探すのか。ぼうっと考えながら社用口から入り、地下へと向かおうとしたところで、ちょうどエレベーター内で、副社長の弓彦とばったり顔を合わせた。

福岡出張の貴志よりも一足先に、京都から戻ってきたようだ。

「お疲れさまです」

「お疲れさま。今日も夜勤？　連日、大変だね」

「いえ、結構なんとかやれてますから、大丈夫《だいじょうぶ》です」

数日前、『貴志には近づかないほうがいい』と囁《ささや》いた男は、気丈《きじょう》なことを言う尋を頭のてっぺんから足の爪先《つまさき》までじろじろと眺《なが》め回してくる。

その視線にかすかな棘《とげ》を感じたときだ。

エレベーターが地下二階で止まった。ふいに、弓彦の細い指が「閉」ボタンを押し、出ようとしていた尋を冷徹《れいてつ》な目で押し止める。

それから五階のボタンを押し、「――きみにひとつ、頼《たの》み事をしたい」と言った。

その声の平坦《へいたん》さ、抑揚《よくよう》のなさが、なぜか怖《こわ》い。まるで感情がなく、尋を虫けらでも見るかのような目に、尋は顔を強張《こわば》らせた。

五階にある社長室とちょうど真逆にある副社長室に無言で連れ込まれ、弓彦がデスクの向こう側に立ち、クリップで留めた書類を差し出してくる。

左上に、「極秘《ごくひ》」と赤い判子が押されていた。

「あの……」

「これを、貴志の机に置いてきてほしい。時間は問わない。いつでもいい。なんなら、いますぐにでも」

そう言ってにやりと笑う弓彦は、もう穏和《おんわ》でやさしい笑顔を見せてくれる男ではなかった。豹変《ひょうへん》した男と、極秘書類を交互《こうご》に見つめ、背中を冷たい汗《あせ》が流れ落ちていく。

どんなことが書かれている書類か知らないが、一警備員、しかも単なるアルバイトが扱《あつか》うものではないことは一目でわかる。

あきらかに、弓彦は自分を利用しようとしているのだ。

貴志を罠《わな》にはめようとしているのだ。

それを敏感《びんかん》に察知し、「できません」と言って頭を下げようとすると、「これでもダメかな？」と含《ふく》み笑いが響《ひび》いた。

その声に異質なものを聞き取り、顔を上げると、弓彦がノートパソコンをくるりと向けてくる。そのディスプレイに映っているものに、尋は驚愕《きょうがく》した。

「どうして……、こんな……」

からからにひび割れた声に、弓彦がくちびるをつり上げた。

邪悪《じゃあく》な微笑《ほほえ》みとともに見せられたのは、貴志にうしろから貫《つらぬ》かれている淫《みだ》らな写真の数々だ。

警備中、男子トイレで忙《せわ》しなく抱《だ》き合った場面を撮《と》られたらしい。

フラッシュを焚《た》かれていたら、いくらなんでも絶対に気づいていたはずだ。モノクロで浮《う》かび上がる写真は、赤外線カメラを使ってひそかに撮られたのだろう。

制服を乱れさせ、床《ゆか》にひざまずいて自分のペニスを扱《しご》きながら貴志の大きなものをしゃぶっている場面もある。

鏡に両手をついて腰《こし》を突《つ》き出し、荒々《あらあら》しくねじ込む貴志の横顔も写っている。髪《かみ》が乱れて、はっきりと貴志だと断定しにくいが、「彼だ」と言われれば、たぶん皆《みな》、信じるぐらいの輪郭《りんかく》は捉《とら》えている。自分にいたっては言わずもがなだ。

連写したらしい。立て続けに痴態《ちたい》を見せられ、「やめろよ！」と頰《ほお》を熱くして怒鳴《どな》ったが、相手はにやにやと笑ったままだ。

「腕《うで》のいい調査員を雇《やと》っただけのことはある。調査員にはあらかじめセキュリティカードを渡《わた》して、防犯システムについても詳《くわ》しく教えてあったんだ。だから、きみの隙《すき》を衝《つ》いてこんなおもしろい写真が撮れたわけなんだよ」

眉をはね上げて笑う男は、モノクロの写真にちらっと目をやり、「結構、きみもそそる顔をするね」と呟《つぶや》いた。

「ずいぶん前から、貴志の私生活について探《さぐ》らせていたんだが、なかなかあいつもボロを出さない男でね。頭を痛めていたところに現れたのが、きみだ。そういう点じゃ、きみには感謝しなくちゃね。大河内くんは僕の救世主だ。――あいつが、まさか男のきみに手を出すとは思っていなかったから、僕も驚《おどろ》いたよ」

「……どうして、貴志さんを探る、なんてこと……」

「どうして？　そんなことをいちいち聞きたいかい？」

エリート然とした男の目の色が一層濃《こ》くなり、尋を心底ぞっとさせた。

その目の色に、根深い執念《しゅうねん》を感じたからだ。弓彦の凶暴性《きょうぼう》は、貴志よりも陰湿《いんしつ》で、卑怯《ひきょう》で、あまりに歪《ゆが》んでいる。

「あいつを完璧《かんぺき》に失脚《しっきゃく》させるためだよ。この書類も、この写真もね」

「書類……」

「福岡と京都の『吉葉』で問題が起きているのは、バイトのきみの耳にも入っているだろう」

乾《かわ》いた声は、貴志の『おい、そこの新人バイト』と近いようでいて、まったく違《ちが》う。本気で、尋を使い捨てのきくモノとしか見ていない声だ。

「産地偽装に、食品の使い回し。一連のトラブルに関する事柄《ことがら》が、すべてこの書類に書かれている。いわば、社員用のマニュアル、というところかな。どうすればコストを下げて品質を保てるか、お客様の信頼《しんらい》を守りとおせるか……そういったことが、ここに全部書かれている」

その言葉で、やっとわかった。

噂《うわさ》の根源は、すべてこの男にあるのだということを。

貴志が偽装《ぎそう》工作の指揮を執《と》っているとでっち上げているのは、この男だ。

弓彦はなみなみならぬ私怨《しえん》で『吉葉』まで傷つけ、貴志を貶《おとし》めようとしているのだ。

「くだらない嘘《うそ》をついて、『吉葉』のイメージを汚《よご》して……、そんなことしてまで、貴志さんを社長の座から引きずり下ろしたいんですか」

「きみにはわからないだろうね。仕方がない。この件が表沙汰《おもてざた》になればしばらく『吉葉』はマスコミに追われるだろうが、面倒《めんどう》そうな奴《やつ》は念入りに手を回して排除《はいじょ》しておいたから、さほど長引かないだろう。とくに、福岡と京都の『吉葉』には、貴志の支持者が多くてねぇ……。そういう奴をいづらくさせて、次々に辞《や》めさせるためにも結構時間と金がかかったよ」

福岡と京都には、いい腕の板前と仲居がいたのに、と、貴志は残念がっていた。

それを陰《かげ》で操《あやつ》っていたのは、母親は違《ちが》えど血の繋《つな》がった兄の弓彦だ。

——そんなに憎《にく》かったのか。自分がトップになれなかったから、こんな形であのひとを失脚させるしかないと考えたのか。

バカなのはおまえのほうだと言ってやりたかった。

弓彦とてけっして無能ではないだろうが、社長の器《うつわ》ではないと、いまなら尋にもはっきり理解できる。

社員ひとりひとり、個性ばらばらな者たちを集めてひとつの方向へ導かせる反面、新しい可能性も探り、いざ有事の際には機敏《きびん》に動ける反射能力の高い者が、組織をまとめる立場になるのだ。

その機動力が貴志にはあって、弓彦の場合は間違《まちが》った方向にねじ曲がってしまったのだ。

幼い頃《ころ》からちやほやされ、大人になっても周囲にぬくぬくと守られてきた男は、だが、三十歳を過ぎてようやく自分の思いどおりにいかないことが世の中にはあると知り、激昂《げっこう》したのだ。

この計画は、かなり前から張り巡《めぐ》らされていたものなのだろう。そこに偶然《ぐうぜん》、自分が入り込んでしまったことで、弓彦の計画はより精緻《せいち》を極《きわ》めてしまった。

彼が言うとおり、時間と金をかけて、じわじわと貴志を追い詰《つ》めていくやり方には反吐《へど》が出そうだ。

「貴志には、相応の責任を取ってもらって退場していただく。そして、清廉潔白《せいれんけっぱく》なイメージを持った僕が登場すれば、見事万々歳だ」

気障《きざ》な仕草で両手を広げた弓彦を睨《にら》み据《す》えた。

彼が社長になれなかった理由が、ほんとうによくわかった。目先のことだけ、自分の利益しか考えられない男が、どうして大きな舵《かじ》を取れるというのだろう。

「そんなに……うまくいくわけねえだろ」

「いくさ。きみがこの書類を置いてくればね。おとなしく言うことを聞きなさい。きみみたいに将来性のある若い子を、こんな破廉恥《はれんち》なスキャンダルに巻き込みたくないんだがね。状況《じょうきょう》が状況だから、諦《あきら》めてほしい」

勝手な言い分とともに、ぐい、と押しつけられた書類を受け取るしかなかった。

「できるだけ、早めに彼の机に置いてくるように」

「……そのあとはどうするつもりなんだよ」

「簡単だ。時間を置いて、僕がなにげないふりをして、この問題書類を見つける。書類の最後には、貴志しか使えない承認用《しょうにん》の判子も押してある。あらゆる偽装は、貴志の指示のもとで行われていたということを示す最適な証拠《しょうこ》なんだよ。それじゃあ、よろしく」

承認用の判子まで勝手に使ったのかとわかったら、眩暈《めまい》がしてきた。

憎悪《ぞうお》だけで、ひとはこうも醜《みにく》くなれるのか。足蹴《あしげ》にできるのか。

私利私欲を優先するあまり、会社そのものに危なっかしい綱渡《つなわた》りをさせるという結論にいたるまでに、弓彦の理性の回路はどこかの時点で焼き切れたのかもしれない。

冷たい汗をかいた手に書類を握《にぎ》り締《し》め、無言で副社長室を出た。

廊下《ろうか》のずっと奥に、社長室がある。

今日、貴志は出社していない。いま頃《ごろ》まだ、福岡にいるのだろう。

弓彦の息がかかった従業員たちがひそかに店を牛耳《ぎゅうじ》っているという事実を知らずに、懸命《けんめい》に話を聞き出そうとしているのか。

それを思うと、胸が痛かった。

せめて、自分とさえ関《かか》わりを持たなかったら、ここまで追い込まれずにすんだかもしれないのに。

——あの写真が出回ったら、致命傷《ちめいしょう》になってしまう。俺の顔は当然ばれる。ぼんやり写っていた貴志についても、弓彦のほうで断言されてしまったらおしまいだ。

夜の十一時過ぎ、社内の隅々《すみずみ》まで点検し、完全に無人であることを確認した尋は、問題の書類を脇《わき》に抱《かか》えて五階の社長室へと向かった。

弓彦の雇った調査員は一仕事を終え、今日はさすがにどこにもひそんでいないはずだ。

社長室は真っ暗だった。

懐中電灯《かいちゅう》を頼《たよ》りに室内へと入り、あるじのいない室内を見渡《みわた》した。

手強《てごわ》い貴志の性格をそのまま映し出したような部屋はむだなものがひとつもなく、いたってシンプルだ。

頑丈《がんじょう》な机に歩み寄り、革張《かわば》りの椅子《いす》に気が抜《ぬ》けたように腰を下ろした。

肘掛《ひじか》けのついた、座り心地《ごこち》のいい椅子を長々と温める暇《ひま》もなく、貴志は日々奔走《ほんそう》している。

仕事のために。『吉葉』のために。

弓彦や正妻に嫌《きら》われ、疎《うと》まれながらも、『吉葉』の味の確かさに惚《ほ》れ続け、古い血に新しい血を混ぜ込むことへの批判も受け止める覚悟《かくご》があったからこそ、貴志はこの椅子に座ることができたのだ。

――絶対に、自分がやり抜いてみせると、あのひと自身が信じていたんだ。

大勢のひとが集まれる場所をつくりたい。そして、おいしい時間をもたらしたい。その信念を、弓彦はたかだか数枚の書類で踏《ふ》みにじろうとしている。

長いこと握り締めていたせいで、書類には皺《しわ》が寄っていた。

先ほど、警備員室でぱらぱらとめくり、項目《こうもく》が多いことや日常的に使わない語彙《ごい》が頻繁《ひんぱん》に出てくるせいで、ざっと斜《なな》め読みするだけに終わったが、弓彦の言うとおりの「マニュアル」だった。

賞味期限切れした食材の一品目ごとにどこまで黙認《もくにん》するか、また期限切れの食材の転用についても書いてあったし、万が一、客から疑問や苦情が入った場合についての応対もご丁寧《ていねい》に書かれていた。

苦情対応として書かれていたのは、「問題については、弊社《へいしゃ》にてただいま確認中です。大変恐《おそ》れ入りますが、いましばらくお時間をいただけませんでしょうか」というありふれた回答だ。

弓彦は、これを、貴志が指示したということにしたいのだ。

古い体質を持つ会社では、トップの一言がすべてを決することも多い。

社内でも疑惑《ぎわく》の声が高まりつつあるいま、この書類が発覚すれば、貴志はむろん、『吉葉』は非難の集中砲火《ほうか》を浴びることになる。

――そして、清廉潔白なイメージを持った弓彦が登場すれば、めでたしめでたし。

「……んなわけねえだろが」

さまざまなアルバイトを経験してきただけに聞き分けがいいほうだと尋自身思っているが、「やれ」と言われても、絶対にできないことがいくつかある。

これも、そのうちのひとつだ。

こころから好きになった男の足を引っ張る手伝いなど、誰《だれ》ができるものか。

あの写真が世間にばらまかれたら、開き直るしかない。相手が貴志だったことは断じて認めないが、自分のことはもうしょうがない。

家族にも迷惑《めいわく》をかけることになるだろうが、いままで散々甘やかされて育ってきたのだ。これを機にだらけた生活にも終止符《しゅうしふ》を打ち、ほんとうの意味で大人になるべきなのだろう。

――こんな形でしか、力になれないけど。

書類をシュレッダーにかけ、少しでも貴志への負担を少なくしてやりたい。

今回の件が失敗に終わっても、あの弓彦のことだ。再び違うやり方で貴志の失脚《しっきゃく》を狙《ねら》うだろうが、それまでにいくらかだけでも時間稼《かせ》ぎをしてやりたい。

できることなら、弓彦の企《たくら》みをいますぐに伝えたかった。

極秘《ごくひ》、と禍々《まがまが》しいほどの赤い判子が押された書類を一瞥《いちべつ》し、机の脇にあるシュレッダーのスイッチに手を伸ばしたのとほぼ同時に、「偶然」というイレギュラーな要素がまたも尋の前に姿を現した。

なんの前触《まえぶ》れもなく社長室の扉《とびら》が開いて灯《あか》りが点《つ》き、はっと振《ふ》り向くと同時に、険しい顔つきの貴志がブリーフケースを携《たずさ》えて入ってくる。

「なにをしている」

福岡から直行してきたのだろう。疲《つか》れと怒《いか》りが複雑に入り混じった男の視線が、尋の手元に落ちた。

慌《あわ》ててシュレッダーに押し込むよりも先に書類を取り上げられてしまい、「それは……」と言いかけたのを遮《さえぎ》ってくる貴志の鋭《するど》いまなざしに、言葉の続きがか細く消えた。

「極秘扱《あつか》いの文書をどうしておまえが持ってる？　おまえは俺を裏切るのか。……最初から弓彦の手先だったのか？」

いままでに聞いたこともない凄味《すごみ》ある声に、尋はびくりと身をすくめた。

「違《ちが》う、——俺は……」

「……出ていけ」

言い分も聞かずに怒鳴《どな》る貴志が、どれだけ憔悴《しょうすい》していて、どれだけ傷ついているのか、押し殺した声で痛いほどにわかる。

普段《ふだん》の彼だったら、こんな性急な怒り方はせず、もっと余裕《よゆう》を持って対処していたはずだ。

だが、いまは当たり散らすことしかできない。

わざわざ訪ねた福岡で、これといった打開策が見出《みいだ》せなかった苛立《いらだ》ちが貴志の理性を押し潰《つぶ》し、瞬時《しゅんじ》に、尋を弓彦の駒《こま》と判断したのだ。

そんな彼を責めることはできない。

憎《にく》まれ役を買ってでも『吉葉』を続けていきたい、という言葉が忘れられなかった。

短期のバイトを繰《く》り返してきただけに、尋はまだ、そこまでの情熱を仕事に持ったことがない。だから、強い意志を貫《つらぬ》く貴志に憧《あこが》れたのだ。自分で選び取った仕事に全力をそそぐ姿に、いつか近づきたいとまで思っていたのだ。

裏切るつもりなどまったくない、むしろ手助けしてやりたかったのだということだけは、なんとしてでも伝えたかった。

「貴志さん、お願いだから聞いてよ、違うんだよ——俺は」

「いますぐ、出ていけ！」

最後まで言わせてもらえなかった。

八つ当たりするみたいにバンッと机を強く叩《たた》く音に頬《ほお》を引きつらせた尋は肩《かた》で息し、しばらくしてから、くるりと踵《きびす》を返した。

こんな終わり方は想像していなかった。

ほんとうに、少しでもいい。力になりたかっただけなのに、弓彦の企みに自分も貴志もまんまと引っかかってしまい、一時の激情に煽《あお》られて、思わぬ方向に向かってしまっている。

——好きだったのに。俺なりに、あんたを助けたかっただけなのに、どうしてこんなことになってるんだろう。

失礼します、とも言えずに、尋は社長室を駆《か》け出した。

唐突《とうとつ》な幕切れに胸が激しく波打ち、涙《なみだ》があふれた。

二十歳《はたち》をすぎて泣くなんて、あまりに情けないとわかっていても。

年齢《ねんれい》だけ重ねてもこころは追いつかず、貴志に抱《いだ》いた想《おも》いがばらばらに壊《こわ》れていくことにたただ泣くしかなかった。

――俺が、もう少し大人だったら。せめて、貴志や弓彦と堂々張り合えるぐらいの力を持った大人だったらよかったのに。貴志のために、『吉葉』のために、もっと、ちゃんとした善後策を考えてやれたかもしれないのに。

けれど、現実の自分というのは大学四年生で夏休み中、バイト経験がむだにあるというだけが取り柄《え》のそこらによくいる一般人《いっぱん》だ。

老舗料亭《しにせりょうてい》を継いでいく貴志を手助けしてやりたいなんて、うぬぼれすぎたかもしれない。

年齢も立場も異なっていたけれど、貴志とは、こころと身体《からだ》を繋《つな》げる瞬間《しゅんかん》を分かち合った。

それも、今日で終わりだ。そもそも、彼とは恋人《こいびと》でもなんでもなくて、雇用主《こよう》と一アルバイトというのが正しい立ち位置だ。

――憂《う》さ晴らしのセックス相手。期間限定のアルバイト。そんな奴《やつ》はほかにいくらでもいる。

おのれを悪《あ》し様に罵《ののし》り、エレベーターがゆっくりと地下へと降りていくあいだ、床《ゆか》にしゃがみ込んで頭を抱《かか》え、声を殺して泣きじゃくった。

こんなに胸が痛くなるほど、誰かを想ったことはない。

ならば、これは自分にとって初恋《はつこい》だったのだろうか。多くの女と楽しく寝《ね》てきたが、振り返ってみれば、単に身体を重ねただけという軽い想い出しかない。

貴志のように、仕事もセックスも強引《ごういん》に、貪欲《どんよく》に挑《いど》んできた相手はかつてひとりもいなかった。思えば、彼が、初めて、大人としての仕事のやり方や恋の仕方を教えてくれたのだ。

皮膚《ひふ》を熱く潤《うるお》し、骨まで蕩《とろ》けるようなセックスも、貴志が一から教えてくれたのだ。

初めての恋というのはかならず破れるという定説を打ち破ることができず、尋は熱い涙が流れるままに任せた。

貴志への想いと同様に、涙も止まってくれなかったのだ。

どうしても。どうしても。

気が抜《ぬ》けたようにその後の二週間を過ごし、九月の頭、バイトとしての二か月の試用期間が終わったとき、尋は更新《こうしん》手続きを望まず、退職することにした。

むろん、小杉や警備仲間たちは懸命に引き留めてくれ、顔なじみになった社員たちも、「辞《や》めちゃうの？」と寂《さび》しがったが、ここでの自分の役目はもう終わった——そんな気がしたのだ。

本来、ひとつの場所に腰《こし》を落ち着けるほうではない。

結構な額の給料をもらったし、大学の夏休みはまだ半月ほど残っている。どこかに旅行してもいいし、久しぶりに友だちと腰が抜けるほど飲んでもいい。

バイトを辞めた理由は、ただひとつ。貴志の邪魔《じゃま》になりたくなかったからだ。

あれ以上そばにいたいと言っても、頑《かたく》なになってしまった彼から、弓彦の手先だという疑いを晴らすことはできないだろう。

——だったら、姿を消したほうがいい。あのひとのことだ。ひとりでもやっていけるはずだ。

残りの二週間、貴志は仕事に追われていて、ほとんど顔を合わせることがなかった。その頃《ころ》にはもう、社内中が賞味期限の偽装《ぎそう》や食材の使い回しについてとまどい、激しく論じ、一部には貴志を強く糾弾《きゅうだん》する者まで出ていた。

弓彦の息がかかった者が先導し、貴志の社長退任を要求するべきだと声高《こわだか》に叫《さけ》ぶのを、どうして一介《いっかい》のアルバイトの自分が止められるのだろう。

——もう、俺の手に負えない。

無力な自分をなじり、ほんとうの理由が言えないまま、世話になった小杉に制服や帽子《ぼうし》、社章を返し、「お弁当、おいしかったです。ありがとうございました」と頭を下げて、『吉葉』ビルを出た。

それを最後に、二度と貴志には会わないと決めた。

だが、日を追うごとに彼を想う強さにくじけて、尋は幾度《いくど》となく覚えのある赤坂の『吉葉』本社そばまで行ってはビルのてっぺんを見上げ、貴志を案じた。

いまごろ、どうしているのだろう。忙《いそが》しく過ごしていることぐらいは想像がつくが、ちゃんと眠《ねむ》れているのか。食事もどうしているのだろう。それよりもなによりも、弓彦との攻防《こうぼう》はどうなったのか。

——でも、もう、どれも俺には関係のないことだ。会わないって決めたんだ。貴志さんだって、俺に会いたくないはずだ。俺を裏切り者だっていまでも思い込んでいて、弓彦とやり合っているはずだ。

最後の最後で強く踏《ふ》み留《とど》まれなかった自分が、情けなかった。

あのとき、なぜ、貴志にほんとうのことが言えなかったのだろう。

相手が誰《だれ》だろうと臆《おく》せず、持ち前の鼻っ柱の強さでぶつかっていけたら。

貴志の気迫《きはく》に負けずに、粘《ねば》り強く説得できていたら。すべては弓彦の策略だと明かせていたら、こんな虚《むな》しい感情を抱かずにすんだかもしれない。

なにもかも終わってから後悔《こうかい》しても遅《おそ》いのだということを、いまの尋は嫌《いや》というほど実感していた。

貴志が、無味乾燥《むみかんそう》な日常に突如《とつじょ》食い込んできたときの衝撃《しょうげき》はいまでも忘れられない。だからこそ、彼のいない毎日は砂を噛《か》むような味気なさで、乾《かわ》きすぎている。

——でも、もうどう考えたってダメだ。俺はバイトを辞めてしまったし、あのひとだって仕事のことしか頭にないはずだ。たとえストレスが生じたところで、とっくにべつの奴を見つけて、そいつをうまいこと利用しているはずだ。

なにかにつけて貴志を悪しく考え、皮肉ろうとしたが、いつも中途半端《ちゅうとはんぱ》な笑《え》みで終わった。一度強く根付いた想いを吹《ふ》っ切るには、まだまだ長い時間がかかりそうだ。

「尋、どーする。もう一軒《いっけん》行くか」

岸田をはじめとした友だち数人が目元を赤く染め、渋谷駅前のガードレールに腰掛《こしか》けていた。まだ宵《よい》の口だが、今日は昼すぎからずっと飲んでいたのだ。

『最近、暗い顔してんじゃんよー』

つかず離《はな》れずでつき合ってきた岸田たちだが、『吉葉』のバイトを始めて以来、行きつけのクラブにも顔をまったく出さなくなった尋を心配していたらしい。

いつ電話をかけても出ないし、学校は休みだし、まさかひとり暮らしの部屋で倒《たお》れてるんじゃないかと案じていた矢先に、尋がバイトを辞め、『飲みに行きたい』と電話をかけたことで、顔なじみの連中がいっぺんに集まったというわけだった。

顔を合わせてすぐに、「ちょっと痩《や》せたか？」とは言われたが、誰もそれ以上はむりに聞き出さないでいてくれていた。

いつもなら尋が率先《そっせん》して財布《さいふ》を出し、あちこちの店を練り歩くのだが、今日は岸田がリードしてくれ、ほかの友人たちも他愛《たあい》ない話で尋を楽しませてくれた。

はやりの音楽、ぬるい風が吹き抜ける見慣れた街角、いつもの顔、いつものくだらない話。

誰もが学生生活最後の夏休みを惜《お》しむように笑い合い、あと半年もすれば社会人として離ればなれになっていくことをひそかに寂しがった。

こんなふうに、時間を気にすることなく、煙草《たばこ》を吸いながらだらだらと喋《しゃべ》り続けられる日も、あとわずかだ。

尋もしたたか酔《よ》っていた。

午後二時頃、全員で岸田の部屋に集まって飲み始め、夕方になったあたりで街に出てきて、ついさっき、道玄坂《どうげんざか》にあるビリヤードバーを出てきたばかりだ。

尋もそこそこの腕前《うでまえ》だが、岸田には負ける。ナイン・ゲームをやることになり、顔なじみのサラリーマンたちもワイシャツの袖《そで》をまくって真剣《しんけん》勝負を挑んできたが、世界各国を渡《わた》り歩き、ビリヤードのプロとも勝負したという岸田の前に、全員ことごとく破れた。

勝つたびに強いドライマティーニをみんなから奢《おご》られた岸田は、いま頃《ごろ》になって酒が回ってきたらしく、ぺたりと地面にしゃがみ込んでいる。

「もう一軒、落ち着いた店にでも行くか。代官山のほうに、いいバーができたんだ」

「じゃあ、タクシーで行くか？　どうする、尋」

「んー……どうすっかなぁ……」

友だちの問いかけに、尋は曖昧《あいまい》に頷《うなず》く。

九月とはいえ、まだまだ暑い夜が続く。それも、金曜の夜とくれば、なおさらだ。

渋谷の駅前は大勢のひとでごった返し、ひときわ映《は》える顔立ちの尋に目を留める女性も多かったが、尋自身はボタンダウンのシャツの裾《すそ》がひらひらと風にはためくのをぼんやりと見つめているだけだ。

こんなにもたくさんのひとがいるのに、会いたいとこころから切実に願うひとはたったひとりしかいない。

気遣《きづか》ってくれる岸田たちにそのことはけっして打ち明けられないけれど、『吉葉』を辞めて以来、胸の中にぽっかりと大きな穴が空いていた。

誰と飲んでも寂しかったし、誰とも触《ふ》れ合いたくなかった。自分の中にいまだ残る、貴志の強さと熱をぼやけさせたくなかったのだ。

——俺もたいがい、甘ちゃんだよな。

自分という人間の浅さと弱さを嘲笑《あざわら》い、尋はうつむいたままだった。

貴志からは当然というべきか、やっぱりというべきか、電話の一本もない。

そして、数日前の週刊誌では、とうとう産地偽装や賞味期限偽装の件がスクープされてしまっていた。

——老舗料亭《しにせりようてい》『吉葉』にまつわる黒い疑惑《ぎわく》の数々。

デカデカと書かれた煽《あお》り文字は、電車の中吊《なかづ》り広告でも見た。コンビニでもちらりと表紙を見かけたが、実際に買って読む気はしなかった。

貴志は、コメントを求められても、確証を摑《つか》めていない段階では、たぶんなにも答えないはずだ。

そのかわりに、弓彦が心痛な面持《おもも》ちでこの件について語っていることだろう。だが、それは見せかけでしかない。仮面の告白でしかない。

今回のスクープも、弓彦がうまいこと手を回して他《ほか》の者の口を通じてリークさせたに違《ちが》いないと思えた。

長い時間をかけて、複雑に張り巡《めぐ》らされた弓彦の罠《わな》に知らずとはまり、社内での味方も失い、しだいに袋小路《ふくろこうじ》へと追い込まれていく貴志を思うと、胸が痛くて痛くてたまらない。

――ほんとうに、俺にできることはなかったのか？　もっと必死に探せば、ひとつぐらいあったんじゃないのか？

飲みすぎたせいか、ガードレールに腰掛けていてもぐらりと身体《からだ》が揺《ゆ》れる。

「おい、大丈夫《だいじょうぶ》か？」

肩《かた》を貸してくれた岸田に、「ごめん」と言おうとして顔を上げたとき、思わぬものが目に映った。

駅前のビルの壁《かべ》に取り付けられた大型の液晶《えきしょう》画面に、貴志が映っていた。

それが夜のニュース番組だとわかるまで、つかの間啞然《あぜん》としてしまった。

画面の右上に、『高級料亭の吉葉が産地偽装《ぎそう》について緊急《きんきゅう》会見！』とテロップが流れている。

「あ？　アレ、尋がこのあいだまで勤めてたバイト先じゃねえの？」

岸田たちも気づき、画面を見上げている。

画面に映る貴志はいつにない迫力《はくりょく》で眼鏡《めがね》を押し上げ、紺地《こんじ》のスーツと真っ白なワイシャツを隙《すき》なく着こなしている。

彼の隣《となり》には、尋にも見覚えのある男がいた。確か、貴志の秘書だ。

数度、社内で顔を合わせて言葉を交《か》わしたが、精力的な貴志のスケジュールを管理する立場にふさわしく、芯《しん》の強そうな笑顔が印象的な男だった。

――弓彦はどうしたんだ？　こういう場合、社長や副社長がそろって会見に出てくるものなんじゃないのか？

『このたびは、お騒《さわ》がせしまして、まことに申し訳ございませんでした』

張りのある声とともに貴志と秘書が深々と頭を下げ、いっせいにフラッシュが焚《た》かれる。

『食品の産地偽装や、賞味期限の切れた食材を客に出していたという噂《うわさ》が出ていますが、ほんとうのところはどうなんですか？』

『先にはっきり申し上げておきますが、そのようなことは一切《いっさい》ございません』

凜《りん》とした声に、胸がどくんと脈打つ。

貴志は、平然とした顔で嘘《うそ》をつくような男じゃない。

――俺をむりやり抱《だ》いたけれど、それでも、嘘をつくひとじゃない。温厚《おんこう》そうなふりをして実際は狡猾《こうかつ》な弓彦とは絶対に違《ちが》う。

貴志が表に出てくるということは、弓彦の策略を見破ったのだろう。偽装工作が嘘だったというなにがしかの裏が取れたのだ。

そうでないかぎり、わざわざマスコミの前に出てきて頭を下げるようなことはしない。謝罪するのは、簡単だ。誰《だれ》もが知る会社がトラブルを起こした際、事態をろくすっぽ把握《はあく》してもいないうちから頭を下げてしまえば文句を言われずにすむ、と考える首脳陣《じん》も少なくない。しかし、貴志はそういう輩《やから》とは一線を画していた。

——だから、俺も好きになったんだ。どんなこともおろそかにしないひとだったから。

念には念を入れ、現場でいま、なにが起きているか自分の目で確かめる男は、まっすぐカメラに向かっていた。強い視線が、まるで渋谷の街角にいる自分を射《さ》し貫《つらぬ》くようだった。

『お見苦しいことは承知のうえで申し上げます。今回の騒動《そうどう》は、『吉葉』内部での意見の食《く》い違いが発端《ほったん》にあり、それが高じて、このような形になって噴出《ふんしゅつ》したわけです』

『では、客が食べ残した料理に手を加えて、べつの客に出したとかいう噂は……』

『すべて、出任せです。社長の私に退陣を迫《せま》る一派が偽装工作の対応マニュアルまで制作し、意に添《そ》わない従業員を退職に追いやるなどさまざまな騒ぎがありましたが、現在では終結の方向に向かっております。むりやり辞《や》めさせられた従業員にも再度、『吉葉』に戻《もど》ってもらえるよう、最善の努力を尽《つ》くしております。——重ね重ね、このたびは皆様《みなさま》をお騒がせして申し訳ございませんでした。『吉葉』グループは今後より一層の努力をし、最上級の味で皆様をおもてなししたいと考えております。本日はお忙《いそが》しいなか、ありがとうございました』

一礼する貴志たちに、再びまばゆいほどのフラッシュが浴びせられる。

きっぱりした言葉に、偽《いつわ》りは微塵《みじん》も感じられなかった。

どこの会社でも、醜《みにく》い内部争いがある。それを必死に伏《ふ》せ、クリーンなイメージを守ろうとするのが普通《ふつう》だ。

とくに『吉葉』のように、長いあいだ多くのひとに知られ、愛されてきた店ならば、保身に走りがちになって当たり前だと誰もが思うだろう。

尋も、いまのいま、渋谷の駅前で大型テレビを通じて、貴志の声を聞く瞬間《しゅんかん》まで、そう思っていた。

けれど、現実の貴志はそうした古めかしい考えを鮮《あざ》やかに打ち砕《くだ》き、歴史ある『吉葉』をこれからも続けていくと断言したのだ。

包み隠《かく》さず、正直に告白した画面の中の男に微笑《ほほえ》んだ。

やっぱり、好きになってよかった。

最後の最後にせつない想《おも》いは破《やぶ》れたけれども、貴志が貴志のままでいてくれて、『吉葉』や、あのカフェがこの先も続いていってくれることがわかっただけでも、なにかが報《むく》われたような気がして嬉《うれ》しい。

「……なあ、もう一軒《いっけん》、行くか？　なんか、ちょっとスッキリした」

「どーしたんだよ、いきなり」

大きく伸《の》びをする尋の唐突《とうとつ》な言葉に、岸田たちがどっと笑ったときだった。

喧騒《けんそう》を突《つ》き破るクラクションが響《ひび》き渡《わた》り、全員でぱっと振《ふ》り向いた。

「あ、いつかのジャガー」

岸田の驚《おどろ》いた声に、尋は立ち竦《すく》んでいた。

メタルブラックのジャガーからサングラスをかけた長身の男が降りてきて、茫然《ぼうぜん》としている尋に近づくなり、「捜《さが》した」とだけ言って腕《うで》を掴んでくる。

真っ黒なサングラスをかけた男の表情が読み取れないけれど、掴んでくる手のひらの熱さには嫌《いや》と言うほど覚えがある。

胸がはやり、背中が汗《あせ》で濡《ぬ》れ、くちびるもうまく動かない。

「お、おい、尋、このひと……」

「悪いな、こいつは俺がもらっていく」

「た、……貴志さんっ、……岸田、あの、……みんな、ごめんな！　また今度な！」

引きずられながら叫《さけ》び、手を振ると、岸田たちも気が抜《ぬ》けたように手を振ってくれた。

前にも同じようなことがあったっけ、とのぼせる意識で考え、ジャガーのアクセルをギュッと踏《ふ》む男の横顔をまじまじと見つめた。

「……なんで、俺があそこにいるってわかったんだよ！　さっきまでテレビに出てたじゃんか！」

「あれは今日の昼間に撮《と》ったものだ。おまえを見つけられたのは追跡《ついせき》パッチのおかげで……嘘だ、嘘。そう怖《こわ》い顔をするな」

焦《じ》れったささと照れくささと怒《いか》りがない交ぜになって彼の肩を思いきり叩《たた》いたせいか、途中《とちゅう》から笑い出した貴志がハンドルを切りながら髪《かみ》をくしゃくしゃと撫《な》でてくる。

「ほんとうにあちこち捜したんだ。携帯電話《けいたいでんわ》にかけても繋《つな》がらないし、自宅を訪ねてもいないし、学校もまだ休みだろう。ダメもとで車であちこち走っていたら、やっと見つけたんだ。これでも結構、焦《あせ》った」

「……ホントに？」

彼みたいな男でも、焦ることがあるのか。

直接聞いてもにわかに信じがたいが、髪からすべり落ちた手が尋の手を強く摑《つか》んでくる。

「ホントに、俺のこと、捜してたの？　ホントに焦った？　……なんで捜したんだよ」

「謝りたかったんだ。……おまえを疑って、ほんとうにすまなかった」

黄色の信号でブレーキをかけた男の静かな声に、今度こそ目を瞠《みは》った。

有名料亭『吉葉』のトップとして堂々とテレビに出ていたときとはまた違う、吉葉貴志、一個人としての詫《わ》びの言葉は、思いがけずするりとやさしく胸の奥へと入り込み、尋に口をつぐませた。

車は騒がしい街を抜け、ゆったりした家々が並ぶ広尾《ひろお》の重厚《じゅうこう》なマンションの地下 駐車場《ちゅうしゃじょう》へと入っていった。

広い駐車場に並ぶのは、ポルシェにBMW、フェラーリにベンツといった高級車ばかりだ。なかでも、貴志の操《あやつ》るジャガーは圧倒《あっとう》的な存在感を誇《ほこ》っている。

「ここの最上階に住んでるんだ」

「ひとりで？」

「ああ。誰かほかにいたほうがいいか？」

「……なんで俺を連れてきたんだよ」

悪戯《いたずら》っぽい笑いを含《ふく》んだ目を正面から受け止めた。

微妙《びみょう》に揺《ゆ》れるこころを悟《さと》ったのだろう。専用のエレベーターに乗った貴志が手を繋いだまま、「おまえとふたりでいたいから」とさらりと言った。

車を降りたときから、ずっと手を放してくれない。

「おまえとふたりで話したかったからだ。邪魔《じゃま》の入らない場所で」

低い声に、またたくまに耳たぶが熱くなる。

最上階には貴志しか住んでおらず、しかもワンフロアぶち抜きという豪快《ごうかい》な造りだ。確かに、ここなら誰にも邪魔されない。

広々としたフロアは大きな楕円状《だえん》で、ところどころ仕切りがわりに、美しい彫《ほ》りの入った衝立《ついたて》が置かれている。どこにも埃《ほこり》ひとつ落ちていない、綺麗《きれい》な部屋だ。きっと、腕のいいルームキーパーを雇《やと》っているのだろう。

シンプルなキッチンや、バスルームに続く扉《とびら》を横目に眺《なが》め、尋は部屋のいちばん奥にしつらえられたベッドに座らされた。

ジャケットを脱《ぬ》いだ貴志が、「そこでちょっと待ってろ」と言う。

「いま、飲みものを持ってきてやる」

「うん……」

大きなベッドには清潔なシーツが敷《し》かれ、隅《すみ》にパジャマが畳《たた》んで置かれていた。

貴志が着ているものなのだろう。無意識にそれに触《ふ》れ、やわらかな肌触《はだざわ》りにじわっと身体《からだ》が火照《ほて》り出す。

やっと、自分の置かれている状況《じょうきょう》が把握《はあく》できてきた。

渋谷駅前から突然《とつぜん》さらわれ、勢いでここまで連れてこられて、ようやく、貴志のプライベートな空間にいるという実感が全身に染《し》み渡り、一呼吸するたびに、胸を熱くさせる。

「とっておきのシャンパンを飲ませてやる」

ふたつのグラスとシャンパンのボトルを持った貴志が戻ってきて、高らかな音を立てて栓《せん》を抜く。

弾《はじ》ける泡《あわ》に見入り、シャンパンをそそいだグラスを互《たが》いに触れ合わせた。

逞《たくま》しい喉《のど》を反らしてごくりと飲み干す貴志にならって、尋もひと息にシャンパンをあおり、深く息を吐《は》き出した。

「――弓彦が、写真を使っておまえを脅《おど》したそうだな。数日前、あいつを問いつめて、やっとのことで白状させた。あのマニュアルも、おまえは処分するつもりだったんだろう？」

「……ん、まあね。あんたがヤバそうなことに巻き込まれてるってわかったから、俺も、なんとかしたくて……。このシャンパン、ウマイ。もう一杯《いっぱい》、ついで」

彼を手助けしたかったという気恥《きは》ずかしさを押し隠すために、ぶっきらぼうにグラスを差し出すと、貴志は微笑みながらボトルを傾《かたむ》けてくる。

「弓彦さんがいろいろやってるってこと、……気づいてた？」

「おおよそのところはな。以前からもこうしたチャチな妨害《ぼうがい》はあったが、おまえが飛び入り参加したことで、あいつの計画にも弾《はず》みがついたらしい。……悪かったな。面倒《めんどう》なお家騒動《いえそうどう》に巻き込んで」

「いいよ、べつに。こう言っちゃなんだけど、いま思えば、結構おもしろかったし」

くすりと笑い、シャンパンをもう一口飲んだ。

極上《ごくじょう》の甘さが神経をやわらげさせ、自然と貴志の肩《かた》にもたれることができた。

「弓彦さんのこと、どうすんの。今日の会見に出てなかったよね。まさか、辞《や》めさせたの？」

「いや、辞めさせない。しばらくは謹慎処分《きんしん》にするが、ああいうたちの悪い駒《こま》は手元に置いて見張っておくほうがいい。手放したら最後、なにをやらかすかわからないからな。それに、いま、あいつを放り出したら、俺のイメージまで悪くなる」

「なんだ、結構しっかりしてんじゃん」

言いながらも、――やっぱり、こういうひとだよな、と可笑《おか》しくなってくる。

弓彦との確執《かくしつ》は、いまに始まったことではない。

きわどいつばぜり合いは、これまでに何度もあったのだろう。

――そこに、バイトの俺が飛び込んだから変なことになったんだ。

偶然《ぐうぜん》、友だちに『吉葉』での警備員バイトの話を持ちかけられ、偶然、ポルノDVD鑑賞《かんしょう》の現場に貴志に踏み込まれた。

もっと探せば、「偶然」はほかにもいくつもあるけれど、それを本気で単なる偶然と割り切ってしまっていたら、いま、ここでふたり、肩を並べて話していないはずだ。

「なんかなぁ、……ああだこうだって俺ばっかり心配してたのがバカみたいだよ。あんたひとりでも十分やってけるじゃんよ」

励《はげ》ますように背中を叩くと、おもむろにグラスを取り上げられ、「本気で言ってるか?」と顎《あご》を押し上げられた。

間近に見る貴志の男らしい面差《おもざ》しに、胸の高鳴りがばれてしまいそうだ。

「俺がひとりでやり抜けると本気で思ってるか？」

「……思ってるよ」

「それじゃ、そばにいろ」

「なに、それ……なに言ってんだよ？」

熱っぽい吐息《といき》にまどわされまいと身体を遠ざけようとしたが、むりだ。

ぐずぐずと熱く蕩《とろ》けていく蜜《みつ》が尋の身体の奥にあることを貴志は知っていて、それを誘《さそ》い出すかのように耳たぶを甘く噛《か》んでくる。

「おまえも、俺にとっては、たちの悪い男だ。そばに置いておかないと、誰《だれ》とでもいやらしいことをしそうだ」

「しねえよ！　あんなの……あんなこと、するの、……貴志さんだけだろ！」

「だったら、ずっとそばにいろ。頼《たの》む」

組み敷かれて、はらりと髪《かみ》が額に落ちる男の顔を信じられない思いで見つめた。

それこそ、穴が空くほどに。

彼に頼み事をされるとは思わなかった。

しかも、そばにいてほしいなんて告白つきで言われるとは想像もしていなかったから、シャツのボタンがひとつ、ふたつとはずされていくのにも気づかず、「……マジで？」と声を掠《かす》れさせた。

「マジで、俺にそばにいてほしいって言ってんの？　冗談《じょうだん》じゃなくて？　……いていいの？」

「冗談でおまえを抱《だ》くつもりはない」

「な……っ、た、……ちょっ、待ちなよ、……貴志さんっ、あんた、手ぇ早すぎ！」

わめく尋に構わずシャツとジーンズを引き剝《は》がしたついでに、「俺にも同じことをしてくれ」と貴志が手を摑んでくる。

「おまえの手で脱がしてくれ」

「……やめろよ、……そういう恥《は》ずかしいこと、いちいち言うなよ……！」

早くも熱く潤《うるお》う肌《はだ》にかすかに触れてくる貴志が、眼鏡《めがね》をはずしながら笑った。

「俺は、『適当』というのがいちばん嫌《きら》いなんだ。おまえを抱きたいから、俺の服も脱がしてくれ。俺に触《さわ》ってくれ。早くおまえに触らせてくれ」

「もう、わかったよバカ！」

適当が嫌いだというのにもほどがある。

なんでもかんでも正直に言えばいいというものじゃないだろうが、と歯嚙《はが》みしながらも、尋はもどかしい思いで彼の服を脱がしていった。震《ふる》える指でネクタイの結び目をとき、上質の生《き》地《じ》であつらえられたシャツのボタンをはずしていくと、年上の男らしい引き締《し》まった胸があらわになり、恥ずかしくてたまらない。

覆《おお》い被《かぶ》さってくる貴志のくちびるが、触れてくる。

たっぷりとした唾液《だえき》を絡《から》ませた舌がくちゅりともぐり込んできて、もやもやとした熱で尋の自由を奪《うば》っていく。

「ッ……ん……」

キスをするのも、久しぶりだ。

貴志のそれはいつも長く、淫蕩《いんとう》で、くちびるの表面が蕩けてしまいそうなほどだ。痺《しび》れるような快感を刻み込まれ、くちびるをむさぼるだけでセックスしている気になってくる。

首筋を嚙まれ、鎖骨《さこつ》の溝《みぞ》を舌先で辿《たど》られているあいだは、なんとか意識を保ち続けた。服をまだ脱がし終えていない。

シャツを引っ張り出し、スラックスのジッパーをぐんと盛り上げるそこに触れると、知らずと目元がじわりと熱くなる。

抱かれることで、こんなにも深い快感があるなんて知らなかった。

肌が擦《す》れるたびに彼に抱かれていると安堵《あんど》するが、ふと離《はな》れたときの寂《さび》しさは到底《とうてい》言葉にできない。そういう感情を植え付けてきたのも、貴志だ。

いつも、なにかが欠けていた気がする。

生まれたときからずっと、この世の中にあるものならほとんどと言っていいほどなにもかも与《あた》えられて育ってきたが、強く理性を抉《えぐ》り、揺《ゆ》さぶり、奪うような力はそこにはなかった。

誰もそんなものを持っていなかったし、尋も知らずにいたままだった。

貴志に会うまでは。

怠惰《たいだ》に過ごしていけば、毎日はなんの意味も持たずにあっという間に終わり、大勢のひとが自分の脇《わき》を通り過ぎていくことにも感傷的にならず、つかの間の快感を分かち合うセックスに対しても強い興味を抱くことはなかった。

だが、貴志に出会ってからすべてが変わった。

彼が視界の真ん中に割り込んできた日から、退屈《たいくつ》な日常は危なっかしい刺激《しげき》に満ちあふれ、指先を握《にぎ》られるだけで身体《からだ》のどこかが甘く疼《うず》くような想《おも》いを抱くようになった。

「……貴志さん……」

ねだるような声に頷《うなず》き、貴志が胸の尖《とが》りにちろりと舌を這《は》わせてくる。

触《ふ》れられる前から硬《かた》くしこっていた肉芽に熱い舌が押し当てられただけで、懸命《けんめい》に抑《おさ》えていた快感が走り出す。

「あっ……、ぅ……っ」

ちゅくちゅくと根元を嚙まれて、きつく吸われるのが、尋はたまらなく好きだった。

もっと、してほしい。もっと強く、もっと苛《いじ》めてほしい。胸を突《つ》き出すと、貴志の長い指でつままれた乳首《ちくび》がぴんと勃《た》ちきり、じんじんと痺《ぬ》れるような疼きが突き抜ける。

「そこ、……いい、……っもっと、して……？」

「そういうねだり方はどこで覚えてきたんだ」

舐《ねぶ》り回された乳首を指先でくりゅっと転がされ、ねじ切るようにきつく揉《も》み潰《つぶ》されると、掠れた甘い喘《あえ》ぎがとめどなくあふれ出す。

「……貴志さんが、……こういうふうにしたんだろ……っ」

身体の位置を変えられて、ベッドに寝《ね》そべる彼の上にまたがされた格好で尋はちいさくなじった。

そういう格好になると、とろっとしずくをこぼしてそそり立つ性器があますことなく貴志の視線にさらされてしまい、恥ずかしさに身をよじった。

この先、何度肌を重ねようとも羞恥心《しゅうちしん》は消えない気がする。けれど、それと同じぶんだけ、彼を求めてしまいたくなる衝動《しょうどう》に襲《おそ》われるのだ。

眼鏡をはずすと貴志の切れ長の目は威力《いりょく》を増し、尋の身体にひそむ快感を暴《あば》き立てる。

「俺の顔の上まで来てみろ。……そうだ、腰《こし》を落としておまえのものをしゃぶらせてくれ」

「あ、――っ……や、……っんんっ……！」

身体に触られるよりも先に、ストレートな言葉が意識を灼《や》いていく。

がくがくと膝《ひざ》が震えて、いまにも崩《くず》れ落ちそうなのに、貴志にぎっちりとそこを摑《つか》まれ、逃《に》げようにも逃げられない。

形のいいくちびるから舌がのぞき、濡《ぬ》れた亀頭《きとう》に絡み付くのを自分の目で見た。

全身がうねるように熱く火照《ほて》り、どんなに深く息を吸い込んでも苦しい。

前にも、フェラチオされたことがあった。だが、今夜のこれはもっと濃密《のうみつ》で、執拗《しつよう》で、尋を壊《こわ》れさせ、徹底的《てってい》に乱れさせることが目的のようだ。

先端《せんたん》の割れ目をくすぐる舌の動きにつられて腰を揺らすと、貴志が目の端《はし》で笑う。

「してほしいことを全部言ってみろ」

「先のとこ、噛んで、……俺のココ、舐《な》めて……やらしい音、いっぱい立てて、舐めて……」

うわずる声で、屹立《きつりつ》したものをおずおずと押しつけながらせがむと、じゅぷっと口いっぱいに頬張《ほおば》られた。

舌先が、尋のいちばん弱い先端にねじ込まれる。

「あっ、あぁっ」

夢中になって腰を振《ふ》った。反り返る亀頭を熱い口の中でもてあそばれる悦《よろこ》びに陶然《とうぜん》となる姿を、好きな男に見られている。そう考えるだけで、窄《すぼ》まりの奥がきゅうっと熱く締まり、もっと熱くて、もっと硬い貴志自身を欲《ほっ》していることを尋に伝えてくるのだ。

にちゃにちゃと音を響《ひび》かせて扱《しご》かれ、しゃぶられる性器が、痛いぐらいに張り詰《つ》めている。

久しぶりに貴志に抱かれていると思うと制御《せいぎょ》が利《き》かなくなり、すぐに達してしまいそうだ。

貴志の髪をきつく掴み、涙《なみだ》混じりに訴《うった》えた。

「出る、……出ちゃう、……ぁ……っあぁ……っ！」

どくどくとあふれる精液を彼の口の中に放ち、倒《たお》れ込みかけたところを組み敷《し》かれた。

「今度は俺のばんだ」

絶頂の余韻《よいん》が抜けない尋の上気した顔をじっくりと眺《なが》める貴志のそこも、大きく硬く猛《たけ》っていた。

「……尋、触ってくれ」

「ん……」

艶《なま》めいた声にうながされ、彼のものを握った。

こんな声で囁《ささや》かれたら、どんなことでも聞いてしまいそうだ。ずっしりと重たい男根はぬるっと扱くたびにますます大きくなっていくようで、尋の理性を粉々にしてしまう。

口で味わったこともある。いまは手で触れている。けれど、その熱さと硬さをもっとも強く知るのは、尋自身ですら知らなかった身体の最奥《さいおう》だ。

「どう、しよ……、おれ……なんか、今日、ダメかも……」

「なにが」

「貴志さんのコレ……欲しくて欲しくて……頭……ヘンになりそう……」

せつなげな喘ぎが貴志に火を点《つ》けたらしい。ぐっと眉根《まゆね》を寄せ、怖《こわ》いほどの顔で囁いてくる。

「挿《い》れてほしいか？」

「んっ……ん……」

顔中くちづけられ、頷くこともままならない。貴志のそれを扱いているうちに自分のものも再び勃ちあがり、彼のものと一緒《いっしょ》にぬちゅぬちゅと擦《こす》られて、ざっと全身がわななく快感が襲ってきた。

唾液で濡らした指が、ぬくりと襞《ひだ》をかき分けて挿《はい》ってくる。すでに何度か貴志を受け入れ、その感触《かんしょく》を覚えている肉襞が尋の意思とは裏腹にうごめき、熱く絡み付いてしまう。

「……いい、っ……あっ、……」

「いつから、ここでこんなによがるようになったんだ？」

すうっと抜けていく指に追いすがるように、内側が細かに震えるのが自分でもわかる。

三本の指が出たり挿ったりしてぎりぎりまで拡《ひろ》げられても、貴志のものとは比べようもない。

「はやく、――はやくして、いれてよ、奥まで……っ」

「なら、自分で足を拡げてみろ」

「……くっ……ぅ」

焦《じ》らされたあげくに、両腿《りょうもも》の内側をみずから持ち上げ、淫《みだ》らにひくつく窄まりを見せなければいけない屈辱《くつじょく》に、涙が滲《にじ》んだ。

貴志の愛撫《あいぶ》でゆるくほどけたそこがぐしゅぐしゅともの欲しげな音を立て、言葉よりもはっきりと貴志自身を欲しがる。

「い、れて……俺のここに、貴志さんの……」

情欲に濡れた目で見つめ、たどたどしくねだると、ぎりっとくちびるを強く噛《か》んだ貴志が深く腰を落としてきた。

凶悪《きょうあく》なまでに太く、硬いもので一気に挿し貫《つらぬ》かれ、「あ――」と言ったきり、尋は激しく揺さぶられた。

「っ……あ、あっ……っ、あぁ……っ！」

身体をほとんどふたつ折りにされて、真上から最奥を突いてくる熱い肉棒がずりゅっと上向きに擦ってくる。

そうすると、最奥のねっとりと淫蕩《いんとう》に潤《うる》む部分が貴志をもっと深く誘《さそ》い込むようにひくつき、尋にあらぬことを口走らせる。

「っ、あっ、ん、たかしさんの、……お、っきい、やだ、っも、こわれる……！」

「じゃあ、やめるか？」

太いカリ首で窮屈《きゅうくつ》に締《し》まる入り口を嬲《なぶ》る男に、尋はすすり泣きながらしなやかな筋肉を忍《しの》ばせた背中にしがみついた。

こんなにも苦しくて気持ちいい快感を、一瞬《いっしゅん》でも逃《のが》したくない。

「だめ、やめない、で……もっと、してほしい……っ」

「俺の上に乗ってみろ」

彼のものを深く咥《くわ》え込まされたまま、騎乗位《きじょうい》の形を取らされた。組み敷かれているときより、さらに貴志のものが大きく感じられた。

ずんっと突き上げられ、尋は弓なりに汗《あせ》ばんだ身体《からだ》をのけぞらせた。蕩《とろ》けた粘膜《ねんまく》を擦り立てて抜け出ていく男根の根元を無意識に指で締め付けた。

赤く突き出た両方の乳首をこりこりとねじられると、必死にせき止めている精液を漏《も》らしてしまいそうなほどに感じまくってしまう。

それを隠《かく》そうとする反動で、はしたない言葉を次々に口走った。

「すご……い、貴志さんの、すごい、硬《かた》くて、おっきい、俺のあそこ、ぐちゅぐちゅ、ゆってる……っねぇ……なんで……？　どうして？　……なんで、俺に、こんな気持ちいいこと、するの……？」

「おまえが好きだからに決まってるだろう」

「あ――……ッ！」

初めて聞く言葉に、全身がぶるっと震《ふる》えるほどの快感に襲《おそ》われた。それと一緒にずくんと肉棒が強く突《つ》き上げてきて、射精感に近く、それでいて初めて味わうような白熱した快感に尋は忘我状態で腰《こし》を振った。

じゅぷっ、ぬちゅり、と尻《しり》の最奥を犯す男のものが硬くみなぎっていることを、指でも確かめた。ぬめりながら出たり挿ったりする男のものは硬く筋が浮《う》き立ち、尋が何度達してもかないそうにない強さに満ちている。

「俺が抱《だ》いた以上はイきっぱなしの身体にしてやる」

「貴志さん……っ」

昂《たか》ぶるペニスの先端に指が埋《う》め込まれ、簡単な射精を許してくれない。

狂《くる》おしいまでの官能に髪《かみ》を振り乱《みだ》し、艶めく内側で逞《たくま》しく突いてくる男をはしたなくしゃぶり続けた。

「あ――あぁっ……いい……また、イく……っ」

貴志に突き倒されて再び組み敷かれ、互《たが》いにくちびるをきつく吸い合った。

舌を搦《から》め、唾液《だえき》を交《か》わしてこくりと喉《のど》を鳴らすあいだも、貴志のそれが獰猛《どうもう》に突いてきて、尋を狂わせる。神経という神経をおかしくさせて、ねじれさせて、よじれさせて、一瞬のまどろみの中からまばゆい閃光《せんこう》を放つ。

真っ赤に熟し切った乳首《ちくび》をちぎれるほどにきつく引っ張られたあと、嘘《うそ》のようにやさしくこね回されながら、何度も何度も突きまくられた。

どこもかしこも貴志にふさがれ、鋭《するど》い快感が身体中を暴れ回り、たったひとつの出口を求めている。

「ん――ン……っぁ……っ！」

ひくっ、としなる性器から二度目とは思えないほどの量の精液がほとばしり、シーツを濡《ぬ》らした。それでもまだ、声が止まらなかった。

巨根《きょこん》をねじ込んでくる貴志によって、うしろでいかされる快感を知ってしまったからだ。

断続的に強く、弱く、やさしく、ずるく抉《えぐ》ってくる肉棒に、尋は彼の背中を引っかいて泣きじゃくった。

「……ん、ん……も、……っゆるし……てょぉ……っ」

ぎりぎりと爪《つめ》を立ててくちびるをわななかせると、額の生え際《ぎわ》を汗で滲ませた貴志が苦笑いする。

「まだ、だめだ。おまえのそのよがり顔で、俺はここまでおかしくなったんだ。……この責任は取ってもらうからな」

「あ……ぁ――ん……っ！」

ずっぷりと埋められた男根が尋の感じる場所を狙《ねら》い定めて、ひと突き、ひと突き、執拗《しつよう》に突き上げてくる。

たまらないほどの圧迫感《あっぱくかん》と摩擦《まさつ》に全身が甘く、せつなく疼《うず》く。

荒々《あらあら》しい息遣《いきづか》いの果てに貴志が深いくちづけを求めてきて、尋の性器を握《にぎ》り締めながら、どぷっと最初の熱い一滴《ひとしずく》を最奥《さいおう》に撃《う》ち込んできた。

過敏《かびん》になりすぎていた尋のそこは貴志の濃《こ》い精液で濡らされることを悦《よろこ》び、ありったけそそがれることを望んで震えた。

「……あぁ……――あ……」

どくっ、どくっ、と淫らに脈打つものに頭の芯《しん》まで犯されてしまったみたいだ。達してもな

お、硬さを失わないものを奥深くにはめ込んだまま、大きく息を吐《は》き出した男の額の汗をおそるおそる拭《ぬぐ》ってやると、貴志の眉間《みけん》の皺《しわ》がふっとゆるむ。

こんなとき、なにを言えばいいんだろう。

立て続けに絶頂を味わわされても、まだ放してくれない男に、どんな言葉をかければ、泣き出してしまいそうな感情をなだめられるのだろう。

「貴志さん……、俺、……俺さ、あんたのこと……」

硬い鎖骨《さこつ》に鼻を擦りつけ、ちいさな声で囁《ささや》いた。

「俺、あんたのこと……、好きなんだ。誰《だれ》かをこんなに好きになったのって、貴志さんが初めてなんだよ……」

「だったら、ずっとそのままでいてくれ。俺が好きなのは、ぼんぼん育ちでも素直《すなお》でバカな尋だ。おまえの甘さが俺には必要なんだ。ずっとそばにいて、俺を励《はげ》ましてくれ」

彼らしくもなくやさしい声に、ほろりと涙《なみだ》がこめかみを伝い落ちた。

激しく抱かれて、感じすぎて泣くのとはまた意味合いの異なる温かい涙は次から次へとこぼれ落ち、貴志のキスでそっと吸い取られた。

「……俺をそばに置いておくと、高くつくよ」

髪を撫《な》でられ、頬《ほお》にくちづけられ、やっと涙が収まったところで微笑《ほほえ》むと、貴志も眉《まゆ》をはね上げる。

「どれぐらい払《はら》えばいいんだ？」

「……あんたを励ますたびに、セックス一回」

「ずいぶん安いな。それじゃ、すぐに払ってやる」

「え、……え、もう？　いや、でも、もうちょっと休んでから……」

「おまえが言ったんだろうが」

貴志の余裕《よゆう》たっぷりな微笑みにつかの間唖然《あぜん》としたが、ゆるく腰をひねり挿《い》れられ、濡れそぼっていた粘膜が生々しくひくつく。

そのことに尋は耳を赤くし、貴志のくすくすという笑い声を封《ふう》じ込めるために、自分からくちびるを近づけた。

それから、囁いた。

彼の鼓膜《こまく》に滲《し》み込むような、ひそやかな熱を込めた声で。

「……ねぇ、次は、俺……、もっと、やらしくなってもいい……？」

甘いねだり声に、年上の男は笑いながら頷《うなず》いた。

深く沈《しず》み込むような熱が、あとに続いた。

「いやー、また大河内くんと仕事できるようになって俺は嬉《うれ》しいよ〜。ほらほら、今日は大河内くんのバイト再開を祝って、母ちゃんの特製弁当を持ってきた」

「あー、小杉さんの奥さんの弁当をいただくのも久しぶりッスね」

上機嫌《じょうきげん》な小杉から受け取った弁当箱の蓋《ふた》をぱかっと開くと、バイト再開を祝してか、ご飯の上に桜色をしたでんぶで大きなハートが描《えが》かれていて、思わずアハハハハハと声をあげて笑ってしまった。小杉も一緒《いっしょ》になって笑っている。

貴志の誘《さそ》いもあって、『吉葉』ビルでの警備員バイトを再開したのは、大学生活も最終ラウンドに入った九月の終わりだ。

一度辞《や》めたバイト先に舞《ま》い戻《もど》るのは今回が初めてだが、なにより喜んでくれたのは苦労をともにしてくれた先輩《せんぱい》の小杉だ。

尋の不在中にべつの夜勤のバイトが補充《ほじゅう》されたらしいが、やはり、ついこのあいだまで一緒に仕事していた尋が戻ってきたのは、ことのほか、嬉しかったようだ。

最初に、このバイトを紹介《しょうかい》してくれた女友だちも喜んでくれていた。

『尋ちゃんも、やっとひとつの場所に落ち着くようになったんだね。もしかして、バイト先で好きなひとでもできたの？』

笑いながら訊《たず》ねてきた彼女に、『さあね』と尋も笑って答えたが、じつはバイト先の社長と恋《こい》に落ちたとは口が裂《さ》けても言えない。しかも、相手は一回り上の同性だ。

貴志と秘密の恋を続けていくことに、尋は困るどころか、楽しみさえ見出《みいだ》していた。

誰にも言えない関係だけれど、そのぶん、深く繋《つな》がっていられる。

昼間は大勢の社員の前でぴしりと折り目正しい顔を見せている貴志も、夜になれば尋だけに通じる言葉をやり取りし、時間をともにし、温《ぬく》もりを分け合う。

それがなにより嬉しく思えるならば、ずっとずっと、この先も続けていける気がする。

歳が離《はな》れていても、立場が違《ちが》っていても。

来年の春が来て、大学を卒業したあともここでのバイトを続けるかどうかは、まだ決めていない。

内々的に、『吉葉』に来るか、と貴志にも誘われていて、いつか彼の右腕《みぎうで》になることを思い描きながら働くことにもそそられているが、『考えとく』とうまくはぐらかせた。

彼の言葉にぽんと乗っかってしまうのは、あまりに甘えている気がした。それにいつかふたりで話したとき、『おまえだったら、いますぐにでも会社を興《おこ》せそうだ』と、貴志が言ってくれたことが忘れられなかったのだ。

——自分の将来なんだから、ちゃんと考えないと。でも、どこに勤めても、なにをしていても、こころから好きだと思えるのはこのひとだけだ。

彼のパートナー候補として『吉葉』に就職するか。それとも一か八かの勝負に出て、岸田たちと手を組んで、おもしろいことや楽しそうなことを追求して、形にする企画《きかく》会社でも興してみるか。

学生気分が抜けない者たちのやることだから、歴史ある会社には負けるかもしれないが、こっちには若さと俊敏《しゅんびん》力という強みがあるのだ。それを活《い》かさない手はない。年齢《ねんれい》や経験に差はあれど、遠くて近い将来、貴志と会うときは互《たが》いに社長同士、という関係も楽しそうだ。

——いつか、絶対にこのひとに追いつきたい。いまよりもっと近づいたときに、堂々と胸が張れるように。

『吉葉』に出戻ってきた晩、タイミングがいいのか悪いのかわからないが、夜勤はやっぱり自分ひとりだった。新しい相方はスケジュールの都合がつかなかったようだ。

そういうわけで、小杉が前もってご機嫌取りに弁当を用意していてくれていたのだが、こっちとしてはもう慣れっこだし、ひとりで夜勤したほうがいい面もあるから、文句はない。

ひとりならば、仕事で居残る貴志と社内で堂々と会える。

その晩も九時過ぎに社長室を訪ねると、貴志はまだ仕事していた。

聞くところによると、因縁《いんねん》関係にある弓彦は当面のあいだ、東京本社を離れ、北海道に出張することになったらしい。来春、札幌《さっぽろ》に『吉葉』を構える予定で、弓彦はその指揮を任されたのだが、謀反《むほん》を起こし、悪戯《いたずら》に世間を騒《さわ》がせたことによる制裁だということは、社員の誰もがそれとなく知っているようだ。

でっち上げのスキャンダルで『吉葉』を危ない目に遭《あ》わせたのだから、解雇《かいこ》に追いやられて当たり前なんじゃないかと思っていたのだが、貴志はその選択《せんたく》を取らなかった。

「一応、あいつにもプライドがあるからな。それに、『吉葉』の正しい血筋でもあるし」

「まあ、そうだけどさぁ……」

寛容《かんよう》な判断を下した男に、尋は久しぶりに身に着けた制服の襟《えり》を弄《いじ》り回しながら、貴志のデスクの端《はし》に腰《こし》掛けた。

「あんなことされておいて、札幌の支店を任せっきりにすんの？　またなんか仕掛《しか》けられたらヤバイじゃんよ」

「仏の顔も三度まで、という言葉があるだろう。弓彦には、あっちが雇《やと》った以上に有能な調査員が極秘裏についているし、支店を切り回すぐらいの能力ならあいつにもある。調査員が終始、弓彦の行動を報告してくれるから、当面のあいだは問題ない。もしも、また俺に反旗をひるがえす気配があったら――」

「どうすんの？」

絶妙《ぜつみょう》なところで言葉を切った男の顔を興味津々《きょうみしんしん》にのぞき込むと、勢い、腕《うで》を摑《つか》まれてむりやり膝《ひざ》の上に真向かいに座らされた。

「ちょっ……ヤバイって！　まだ九時だよ、他《ほか》のフロアにも社員さんがいるんだから……」

慌《あわ》てて身をよじったが、貴志の力は強くて振《ふ》りほどけない。

この部屋に来たとき、念のため内側から鍵《かぎ》を閉めたが、いつ、社員が訊ねてくるともかぎらないのに、貴志ときたら楽しそうに笑っている。

「尋、おまえならどうする？　一度手ひどく裏切った人間を、もう一度信じられるか？」

「俺？」

あちこちの仕事場をのぞき、社会の仕組みがわかっているようでいて、ほんとうのところはなにもわかっていない自分だったら、どうするだろう。

貴志は自分より一回りも上で、多くの経験を積み、なにものにも代え難《がた》い知恵《ちえ》を携《たずさ》えている。動くべきときに動き、息をひそめるときには自然とおのれを制御《せいぎょ》できる力を持っている男は、弓彦の思考パターンどころか、尋の考えることも見抜《みぬ》いている気がする。

「……俺だったら」

摑まれた手を見つめた。

自分のものより大きく骨張った手で険しい人生を切り拓《ひら》いてきた男に偉《えら》そうなことを言えた立場じゃないが、――それでも、と思う。

独断的に見える貴志にも、ひょっとしたら、やさしい部分があるのかもしれない。脆《もろ》い面があるのかもしれない。

――だから、俺をそばに置いておきたいんだ。弓彦のことも、彼がどんなに性悪かわかっていても、懸《か》けたのかもしれない。可能性を捨てたくなくて、札幌にやったのかもしれない。

真実は彼にしかわからないだろうが、ここはひとつ開き直って、自分らしい言葉を口にすることにした。むりをして着飾《きかざ》った言葉を口にしても、すぐにボロが出てしまう。

だったら、正直でありたい。

自分にも、彼に対しても。いま、互いが共有している時間に対しても、誠実でありたい。

一緒にいて、温もりを感じたいという想《おも》いを隠《かく》すのは自分の流儀《りゅうぎ》じゃない。

「俺は、あんたほどできた人間じゃないから三度まで待たないと思う。一度裏切られたら、しばらく警戒《けいかい》するよ。でも、……二度目までは信じる。とりあえずね」

「とりあえず？」

可笑《おか》しそうに言って、貴志は頷く。

「そうだな。とりあえず、俺の弓彦に対する信頼《しんらい》も、そんな感じだ。あいつもバカじゃないから、さすがに命取りになるような真似《まね》を二度やることはないだろう」

「そうだといいけどね。あんた、前に言ってたじゃん。あいつはたちが悪いって」

「ああ、言った。でも、おまえほどじゃない」

「なんだよ、それ。俺のほうがあいつより悪いって言いたいわけ？」

鼻先を近づけて文句を言ったが、貴志は肩《かた》をすくめるだけだ。

「現にそうじゃないのか？　俺から仕事のやる気を失わせてるのは、おまえだろうが」

「だって、あんたがむりやり膝に乗せたんじゃん」

膝の上でにじり寄ると、スーツと制服が擦《す》れ合う音がする。

わざとらしくため息をついた貴志がノートパソコンを閉じ、するっと喉《のど》を撫《な》でてくることで、顎《あご》をあげた尋は油断ならない猫《ねこ》のように目を眇《すが》めて笑いかけた。

真っ向から勝負を挑《いど》む、貴志の斬《き》り込むような目つきが最初から好きだったと、やっといま気づいた。

目と目を合わせたあの瞬間《しゅんかん》から、まばゆいばかりの放熱は始まっていたのだ。

それまでに出会ったことのない硬《かた》い手応《てごた》えを、互いに感じ取っていたのだ。

そうと気づいたら、彼の首にゆるく両手を回して逞《たくま》しい熱を感じ、囁《ささや》けばいい。

彼の胸から、自分の胸から、ためらいとつかの間の寂《さび》しさを消す魔法《まほう》の言葉を。

「俺は、いつでもあんたのそばにいるよ。大好きだよ。あんたのことをいつも心配していて、力になりたいと思ってる。俺は誰《だれ》よりも貴志さんが大好きだよ」

一息に言って深呼吸し、尋は微笑《ほほえ》んだ。

「だから、ずっと俺だけを愛してよ」

そう言ったときの貴志の不敵な笑いを、たぶん——絶対に、一生忘れない。

かすかな衣擦《きぬず》れは、ひとつの合図。互いに目くばせして、笑い合った。

秘密の甘い時間の幕開けは、すぐそこまで来ている。

あとがき

こんにちは、または初めまして。秀香穂里と申します。

今回の基本テーマは「警備服」です。がっしり、いかめしい紺《こん》地の警備服をいかに脱《ぬ》がすか、というあたりで萌《も》えに萌えた結果、受けの尋がちょっと淫乱《いんらん》になってしまいました。わーい。はっきり書いてしまうとドン引きされる方もいらっしゃるかもしれませんが、わたしは傲慢《ごうまん》でえろい攻《せ》めが好きで好きでたまらないのと同時に、淫乱受けが好きで好きでしょうもないです。しかし、社内でえろいことをする、というのは、「それは社会人としていかがなものでしょうか」とわたしの中の良心（少し、あります）がいつも「待った」をかけるので、いままであまり、オフィス内でえろいことをするひとたちを書いたことがありませんでした。ですが、今回、「相手が会社の社長なら、社内でえろいことを要求されて断れなくても当たり前じゃないですか！」という新しい結論を得て、ようやく書くことができました。新境地に達した気分です。またひとつ、大人になった気分です。とても嬉《うれ》しいです。

この本を出していただくにあたり、お力を貸してくださった方にお礼を申し上げます。

色っぽく、かつ麗《うるわ》しい挿絵《さしえ》で飾《かざ》ってくださった、カワイチハル様。「尋はいまどきのアイドル顔で、貴志は体格のいい眼鏡《めがね》スーツで……」と担当さんと相談したところ、想像以上のきらきらアイドル・尋がやってきてくれて、ほんとうにほんとうに嬉しかったです。しかも、眼鏡＋スーツ＋体格のいい男前な貴志との組み合わせが恐《おそ》ろしく色っぽくて……！　ぎりぎりまでご迷惑《めいわく》をおかけしてしまったにもかかわらず、美しい挿絵の数々を描《えが》いてくださったことに、こころから感謝しております。お忙《いそが》しいなか、ほんとうにありがとうございました。

担当の国井様。原稿《げんこう》アップまで時間がかかってしまったうえに、やっぱりいつもどおりタイトルがなかなか決まらなかったりして、最初から最後までお手数をおかけしてしまいました。次はいろんな面でもっと頑張《がんば》りますので、今後ともよろしくお願い申し上げます。

最後に、この本を手に取ってくださった方へ。「紺地の警備服」が好きなのか、「警備員」が好きなのかどっちかと問いつめられたら、それはもう間違いなく「警備員」が大好きです、と言いたいところですが、もしかしたら、「紺地」そのものが大好きなのかもしれません。「眼鏡」と似たような枠《わく》で、わたしの中には聖域にも等しい「紺地」枠があります。清潔で潔癖《けっぺき》で、でも黒にはならず、誠実な紺地の制服とかスーツとか考えただけで、うっとりしてしまいます。その紺地でできた警備服を着た人物をガンガン追い詰《つ》めるこの話で、ほんの一時、楽しく過ごしていただけたら、とてもしあわせです。

それでは、またお会いできる日までお元気でお過ごしください。

KADOKAWA RUBY BUNKO
警備員《けいびいん》はふらちにつき
秀香穂里《しゅうかおり》

角川ルビー文庫　R118-2　15309

平成20年9月1日　初版発行

発行者——井上伸一郎
発行所——株式会社角川書店
東京都千代田区富士見2-13-3
電話/編集(03)3238-8697
〒102-8078
発売元——株式会社角川グループパブリッシング
東京都千代田区富士見2-13-3
電話/営業(03)3238-8521
〒102-8177
http://www.kadokawa.co.jp
印刷所——旭印刷　製本所——BBC
装幀者——鈴木洋介

ISBN978-4-04-453402-8　C0193　定価はカバーに明記してあります。

KADOKAWA RUBY BUNKO

角川ルビー文庫

いつも「ルビー文庫」を
ご愛読いただきありがとうございます。
今回の作品はいかがでしたか?
ぜひ、ご感想をお寄せください。

〈ファンレターのあて先〉

〒102-8078 東京都千代田区富士見2-13-3
角川書店 ルビー文庫編集部気付
「秀 香穂里先生」係

さあ、君のカラダを賭けたゲームを始めようか？
ルビー小説大賞、読者人気NO.1作品が、ついにデビュー♥
英国紳士の華麗なる日常
著 羽鳥有紀
Yuki Hatori
絵 水名瀬雅良
Masara Minase
英国紳士×高校生が贈るハラハラドキドキ☆極上ロマンス!!
旅行先のイギリスで騒ぎになっている怪盗ホーク・アイの正体を知ってしまった美晴。母の形見の指輪を狙われるハメになって!?

ルビー文庫